KB150465

유진월 희곡집 3

유진월 희곡집 3

평민사

유진월 희곡집·3

차례

작가의 말 —————————————

세 번째 희곡집을 낸다

여성과 소수자에 대한 관심을 바탕으로
사람과 사람 사이의 소통을 꿈꾸었다
별빛이 나리는
저 먼 곳을 바라보면서도
발이 땅을 딛고 있음을 기억하고자 했다
한 편의 미더운 작품이
내 길 어딘가에도 있으리라는 기대와 함께
삶의 진실과
인간의 존엄을 믿으며,

쓴다

2015년 여름
유진월

헬로우
마미

1. 어느날 갑자기

서류들로 어수선한 지원의 복지관 사무실.
지원이 일하다 말고 문득 텔레비전을 본다.

앵커   〈뉴스 초점〉시간에서는 이번에 국회의원에 당선된 초선의원들
을 모시고 새로운 의욕과 포부를 듣는 시간을 마련하고 있습니
다. 오늘은 그 세 번째 시간으로 80년대 운동권 출신의 오민수
의원을 모시고 말씀 나누었습니다. 바쁘신데 나와 주셔서 감사
합니다. 앞으로 의정활동에 큰 기대를 하겠습니다.

지원   오민수…… 국회의원 오민수……?

지원이 무심한 표정으로 텔레비전을 끈다.
이때 조심스럽게 들어오는 20대 초반의 젊은 남자.
쭈빗거리는 몸짓.

지원   어떻게 오셨죠?
남자   저……, 뭣 좀 여쭤보려구요…….
지원   이리 와 앉으세요.
남자   …….
지원   무슨 일로 오셨어요?

남자 네, 저, 혹시, 여기서······, 그, 저, 아이······ 아기를······.

지원 아기를 맡기려구요?

남자 네, 그게······ 저······ 피치 못할······ 피치 못할 사정이 생겨서. 그래서, 그럴 마음은 추호도 없지만, 사정이······ 사정이······ 아이를 기를 만한 사정이······ 그렇다고 결혼할 수도 없구······ 하여튼 아이를 어떻게든 살리긴 해야 하는데······ 그게, 영······ 부모님께 말씀을 드리기도······ 하여튼 어떻게든 내 힘으로 해결해 볼려구······.

지원 아기는 지금 어디 있지요?

남자 아는 집에 임시로 맡겨 두었는데······.

지원 생모는요?

남자 ······ 가버렸어요.

지원 아이는 언제 데려 오겠어요?

남자 네? 당장이라두요.

지원 일단 서류를 작성하죠.

지원이 서류를 작성하는 동안
한쪽에서 남자의 고백이 시작된다.
어느새 조용히 등장한 여자의 이야기가 섞인다.
등을 지고 선 두 사람의 대사는 엇갈려 들리면서 대화처럼 여겨지나 실은 각자 자기 이야기만 하고 있다.

남자 스무 살. 난 스무 살이에요.

여자 아이를 보호시설에 맡기겠어······.

남자 친구들과 여행을 갔어요.

여자 아기를 버리려는, '나' 가 가.

남자 여름의 바닷가는 너무 열정적이었습니다.

여자 이렇게 긴 시간 내 몸 속에 두고 괴로워한 만큼 너도 고통을 받아야 해.

남자 친구들과 함께 바다에서 만난 아가씨들과 충동적인 밤을 보냈죠.

여자 니가 가. 난 안 가. 절대로 안 갈 거야.

남자 그리고 난 아이를 얻었습니다.

여자 니가 갖다 줘…….

남자 그 아가씨 이름도 나는 모릅니다.

여자 몰라. 난 몰라…….

남자 미선이라고 했어요.

여자 운이 좋으면 좋은 집으로 갈 수 있겠지…….

남자 그러나 그건 진짜 이름이 아니었을 겁니다.

여자 아무리 나쁜 부모라도 너나 나보단 나을 거야.

남자 우린 아기를 죽일 수는 없었어요.

여자 우린 벌을 받아야 해.

남자 너무 두려웠거든요.

여자 평생 죄책감에 시달리면서 벌을 받게 될 거야……. 끔찍한 벌…….

남자 그렇다고 사랑하는 사이도 아니면서 그놈의 하룻밤 풋사랑 때문에 결혼할 수도 없었습니다.

여자 아기야, 우릴 용서하지 마, 절대로, 절대로 용서하지 마, 알려고도, 기억하려고도 애쓰지 마, 영원히 잊어버려……. 끝내는……. 그게, 그게 우리에게 형벌이 될 거야.

남자 어쩔 수가, 어쩔 수가 없었습니다…….

남자와 여자 어둠 속으로 사라지고.

소리   김은미. 2008년 3월 25일 생. 부 김정훈. 모 이미선. 신체상 특
이사항 없음.
2008년 5월 10일 한국아동복지회를 통해서 미국에 입양.
담당자—소망복지관 사회복지사 이지원.

전화벨이 울린다.

지원   여보세요. 그런데요. 아, 제인, 벌써 한국에 와 있다구요? ……
네, 그렇지만 찾지 못할 수도 있어요. 물론 최선을 다해야죠. 생
년월일은요. 1988년……. 네, 혹 생모 이름을 알고 있나요? 김,
미, 혜…… 김미혜요?
(문득 생각난 듯) 김미혜라고 했어요? (잠깐 사이) 아, 아니에요.
그럼 다시 연락을 주세요. 그동안 자료를 좀 찾아볼게요.

전화를 끊고 다시 묵은 서류들을 뒤지기 시작한다.
생각난 듯 스크랩해 둔 신문 자료들을 찾는 지원.

지원   김미혜……. 20년 전 일인데……. 혹시 그 김미혜…….

급하게 자료를 뒤지는 지원.
암전.

2. 상처의 나날

며칠 후,

복지관.

지원이 일하고 있다.

제인 　안녕하세요. 제인 브라운입니다.

지원 　어서 와요. 미리 연락을 하고 왔더라면 좋았을 텐데.

제인 　더 이상 미룰 수가 없어서요.

지원 　찾지 못할까봐 염려가 돼서 그래요. 하여튼 노력해 보죠. 근데
　　　한국말을 잘 하네요.

제인 　학교에 한국인 유학생이 좀 있었어요. 그 친구들한테서 배웠어
　　　요.

지원 　잘 했어요. 대학에선 뭘 공부하죠?

제인 　영문학이요.

지원 　좋아 보여요. 정말 자랑스러워요. 꼭 내가 딸을 만난 기분이네.

제인 　딸처럼 생각하고 편하게 대해 주세요.

지원 　이렇게 훌륭하게 성장하다니, 정말 잘 됐어요.

제인 　어떤 모습을 상상하셨죠?

지원 　아, 물론 이런 모습이죠. 하지만 기대 이상으로 대견스러워요.
　　　아버님이 훌륭하신 분이라고 들었어요.

제인 　그 분야에선 어느 정도 성공한 분이시죠.

지원 어머님은요?

제인 몸이 약해서 고생하셨죠. 늘 병석에 누워 계신 모습만 봤으니까요.

그보다 엄마 소식은요? 진행이 좀 됐나요?

지원 애쓰고 있어요. 쉽지 않지만 노력하는 중이에요.

제인 여기 오래 계셨나요?

지원 대학 졸업하고 죽 여기만 있었어요. 이십 년 쯤 됐죠.

제인 너무 오래 전 일이고…… 거쳐 간 사람들도 너무 많죠. 그래도 혹시 엄마가 기억나시나요?

지원 ……확실친 않지만, 약간은…….

제인 엄만 어떤 분이셨죠? …… 아빠는요? …… 서로 사랑하는 사이였나요?

지원 아직 자료를 다 찾지는 못했어요…….

제인 이런저런 생각을 많이 해 봤어요. 피치 못할 사정이 있었을 거다, 그랬을 거다, 생각은 그렇게 하죠. 하지만…….

지원 그래요. 누구나 어려운 사정이 있어요.

제인 어느 한 분이라도 날 키울 순 없었나요? 두 사람이 같이 결정했나요? 똑같이 그렇게 마음이 일치해서요? 어느 한쪽의 반대도 없이요?

지원 세상엔 어쩔 수 없는 일들이 많이 있어요. 쉽게 포기하는 사람은 아무도 없어요.

제인 이보다 더한 일은 없을 거예요. 태어나자마자 버림받고 이국땅으로 떠밀려서…… 살아가는…….

지원 그렇지만 다 견뎌냈잖아요. 이렇게 멋있게 성장해서 돌아왔잖아요.

제인 돌아오지 않으려고 했어요. 절대루요. 독한 마음으로 살아낸 거예요. 코리아라는 K자도 보기 싫었어요. 그렇지만…… 그래도 그 엄마라는 사람을 한 번이라도 만나보고 싶었어요…….

지원 잘 왔어요. 엄마도 대견해 할 거에요.

제인 엄마라는 말을…… 혼자 해봤어요. 밤하늘을 보면서…… 한국이란 나라가 있는 쪽을 향해서…… '엄마' 이렇게 불러 봤어요. 왜 날 버려야만 했는지, 얼마나 힘든 상황이 있었는지, 모든 게 궁금했어요.

이젠…… 마음의 준비가 됐어요.

지원 맘고생 많았을 거예요.

제인 만나면 어떨지 모르지만…… 이해한다고 말하고 싶었어요.

지원 혹시 못 만날 수도 있어요. 기대는 너무 하지 말아요.

제인 네, 하지만 한번이라도 꼭 만나보고 싶어요. 연락 기다릴게요.

지원 그래요, 잘 가요.

제인과 지원 함께 나가면서 암전.

며칠 후.

지원 어서 오세요. 목사님.

김목사 그래 김미혜 씨를 만나 보셨습니까?

지원 생각보다 많이 심각해요.

김목사 어떤 상황이든가요?

지원 상처를 이겨내지 못하고 계속 정신병원에 들락거렸나 봐요.

김목사 20년 동안 계속요?

지원 거의요. 어떻게 결혼도 했다는데, 정신적으로도 불안정한데다 아이도 못 가져서 갖은 구박을 받은 모양이에요. 고생만 하다가

급기야는 쫓겨났구요.

김목사　그럼 다시 어머니한테로 갔나요?

지원　갈 수가 없었죠, 엄마가 이미 죽었으니까요. 그 후에는 노숙자처럼 떠돌다가 어떤 남자를 만나 쪽방에서 같이 살았는데 불이 났대요. 어쩔 줄 모르고 있는 걸 겨우 끄집어냈는데, 남자는 죽고 미혜는 온몸에 화상을 입은 채 요양원 신세라는군요.

김목사　이관장을 알아보던가요?

지원　앞을 보질 못해요. 정신마저 완전히 놓아버렸는지 아무도 알아보지 못하고 말도 못 해요.

김목사　그럼 계속 거기 있게 되나요?

지원　딱히 갈 데가 없으니까요. 이제 겨우 서른여섯 살인데 그 모습을 보면 누가 그렇게 생각하겠어요. 거의 육십이 넘은 노인 같더군요.

김목사　정말 안 됐군요. 어려운 문제예요.

지원　제인은 마음의 준비를 단단히 하고 온 모양인데…… 상황이 너무 좋지 않아요.

김목사　이관장, 그냥 이쯤에서 묻어둡시다.

지원　네?

김목사　알려주지 않는 게 좋겠어요. 생모를 용서한다고는 하지만 막상 만나보면 그게 쉬운 일은 아니지요. 게다가 상황도 나쁘다니 지금까지 잘 성장한 제인에게 오히려 큰 부담이 될 거 같애요.

지원　판단은 오직 제인만이 할 수 있겠지요.

김목사　아니요. 전 절대 반댑니다. 20세가 그렇게 원숙한 나이가 아니에요. 자기를 버린 부모에 대한 원망은 평생토록 상처로 남아 있지 결코 지워지지 않을 겁니다. 차라리 찾지 못했다고 덮어둡시다. 그게 서로에게 좋아요. 이제 다시 캐내 봐야 서로 복잡하고 마음 고생만 더 심하지요. 잠시 아쉬움으로 남는 게 훨씬 나을 겁니다. 이대로 두면 적어도 제인이라도 정상적인 생활을 할 수 있겠지요.

지원 그런 부모라면 만나지 않는 게 나을 것 같으세요? 목사님이라면요?

김목사 …….

지원 전, 만나야 할 거 같아요. 여기까지 와서 그만 둘 순 없어요. 출생에 관해서는 저도 비밀에 붙이겠어요. 그렇지만 만난다고 해서 제인에게 꼭 나쁜 영향을 미치리라고는 장담 못해요. 전 제인이 스스로 판단하는 게 옳다고 생각해요. 아무도 혈연관계를 막을 순 없어요.

김목사 안돼요, 절대 안돼요. 게다가 미혜씨 입장은 생각해 봤어요? 자기 의사를 말할 입장이 못 된다고 해서 그 의사를 무시할 순 없어요. 미혜씨 입장에서 생각해 보세요. 지금 그런 모습으로 20년 전에 버린 딸을 만나고 싶은 마음이 들겠는지 말입니다. 불행한 출생과 20년 고통의 세월에, 다시 그 초라한 모습이라니……. 절대 안돼요. 미혜씨도 원하지 않을 거예요.

지원 전 미혜가 아주 어렸을 때 만났어요. 미혜는 순수하고 소박해요. 그리고 연약해요. 어쩌면 지금 더더욱 딸과의 화해가 필요한지도 몰라요. 제인이 미혜를 고통의 나락에서 끌어올려 준다면, 그래요, 가느다란 기억의 줄을 제인이 되살려주면 회생의 계기가 될 수도 있어요. 고통의 세월이 제인의 용서로 치유될 가능성이 있다니까요.

김목사 그건 더더욱 안돼요. 미혜씨가 진 고통이 무겁다고 해서 제인에게 고통을 나누라고 할 순 없어요. 그 고통은 미혜씨의 몫일 뿐 제인이 감당할 필욘 없어요. 그건 제인에게 너무 가혹해요. 미혜씨가 끝까지 짊어져야 해요.

지원 목사님이야말로 미혜에게 왜 그렇게 잔인하시죠? 용선 제인이 해요. 우리가 하는 게 아니라구요. 제인은 모든 걸 받아들일 각 오를 하고 왔어요. 미혜를 만나서 다시 고통을 받게 되겠지만 그 것도 제인의 생이 가지고 있는 몫일 거예요.

김목사 이번만큼은 제 의견을 들어 주세요. 제인은 이제 더 이상 출생 때문에 고통 받아선 안돼요. 이제 그만 제인은 놓아주세요. 영원 히 잊으라고, 그렇게 타일러서 보내줘요.

지원 어떻게 그렇게 해요. 제인이 원하는 건 자기를 낳은 엄마를 찾는 일이에요. 그 엄마가 처한 상황이 좋다면 다행이겠지만 그렇지 않아도 어쩔 수 없는 일이지요.

김목사 딱한 분이군요. 그렇지만 제 의견도 신중하게 생각해 주세요.

김목사가 퇴장하고
오래도록 생각에 잠겨 있는 지원.

3. 불쌍한 우리 엄마

어둠 속에서
끊어질 듯 이어지는, 고통스럽게 참는 울음소리.
서서히 밝아지면서.

제인   ······바보, 엄만 바보에요. 바보가 됐어. 아니 늘 바보같이 살아
      요.

지원   제인······.

제인   잘 살겠다구······ 잘 살아보겠다구······ 날 버린 게 아니었어요?

지원   인생이란 거, 뜻대로 안 되는 게 많아. 제인을 쉽게 보낸 거 아니
      야. 정말 어쩔 수가 없었어. 그때 엄만 너무 어렸구 공부도 해야
      했어······.

제인   ······.

지원   엄만 그저 보통 여학생이었어. 엄말 믿어 줘. 어렵겠지만 현재의
      엄말 받아줘. 과거는 다만 과거일 뿐이야.

제인   여러 모습의 엄말 상상해 봤어요. 날 만나주지 않으면 어쩌나,
      행복하게 살고 있는데 내가 부담이 되면 어쩌나, 엄마의 새 가족
      들이 날 알게 돼서 문제가 되면 어쩌나, 별별 생각을 다 했어요.
      그런데 이런 모습은 상상해 본 적이 없어요.
      잘 살고 있을 줄 알았어요. 엄마가 미안해 할까봐, 그걸 염려했
      어요. 미안해하지 말라고, 난 이미 다 용서했다고, 엄마한테 그

렇게 말하려고 했어요. 그런데, 그런데, 엄만 내가 상상한 그 어느 모습도 아니에요. 관장님 이건 정말 악몽이에요…….

지원 힘들 거야. 그렇지만 이렇게 멋진 제인을 낳아준 사람이 바로 엄마야. 용서할 수 있는 제인의 그 마음도 이미 엄마가 가지고 있었던 마음이야. 엄말 받아들이기 어려우면 그렇게 해. 엄만 아무 욕심도 없는 사람이니까. 그렇지만 그 모습이 바로 제인을 떠나보내고 고통스럽게 살아온 엄마 삶의 결과야.

제인 난 너무 힘겨웠어요. 사실은 그랬어요. 그렇지만 내 마음의 평안을 위해서라도 엄말 용서해야 했어요. 악에 받쳐서 용서를 가장했다구요. 그런데 아니에요. 난 엄말 용서한 게 아니었어요. 관장님, 전 두려워요. 혹시 제가 엄마에 대해 품었던 미움들이 엄말 저렇게 만든 건 아닐까요? 갑자기 그런 생각이 들어요…….
어쩌면 좋아요…….

지원 신은 견딜 수 있는 만큼의 고통을 주신다고 했어. 제인은 이겨낼 거야. 엄마도 견디고 있잖아. 엄마가 끈기 있게 견디고 있는 걸 좀 봐.

제인 혼란스러워요. 아무 생각도 할 수가 없어요.

지원 만난 걸…… 후회해?

제인 20년 동안 그리워한 엄마예요. 만나서 조금이라도 위로를 받고 싶었는데, 이제 아무 것도 되돌릴 수 없어요.

지원 알려준 게 잘못이었어…….

제인 맞아요, 찾을 수 없다고, 돌아가라고, 그리고 그냥 잊으라고…… 다신 찾지 말라고…… 왜 그렇게 하지 않으셨어요…….

지원 그럼 미리 말하지 그랬어. 엄마 상황을 어디까지 받아들일 수 있는지, 아예 미리 말하지 그랬어.

제인 이런 엄말 만나려고 온 게 아니에요. 잘 살고 있는 엄말 만나서 그동안 쌓인 내 고통을 다 털어버리고 싶었어요. 나한테 엎드려 용서를 구하는…… 그런 엄말 만나러 왔다구요. 이건 아니에요.

지원 아, 그랬군…….

제인 그것도 모르셨어요? 그동안 준 고통도 모자라서 더 큰 고통을 주는 사람이, 이런 사람이 엄만가요? 엄마라는 사람이 이렇게 고통만 주는 존재냐구요…….

지원 내 잘못이야.

제인 맞아요. 맞아요, 난 아무 죄가 없다구요.

지원 그렇지만 제인, 상처가 없는 사람은 없어. 상처가 많은 사람일수록 그 인생이 귀한 것이 되는지도 몰라, 상처의 합이 바로 그 인생의 진정한 의미 아닌가, 난 그런 생각을 해. 아, 내가 대체 무슨 소릴, 아무 얘기도 귀에 들어오지 않겠지.

제인 가겠어요. 견딜 수 없어요. 내가 살던 곳으로 가겠어요. 여긴, 끝내 악몽이에요.

엄마 만나면 드릴려고 오랫동안 아르바이트를 해서 돈을 모았어요. 선물을 사드리고 싶었다구요. 그런데 이게 뭐예요……. 이건 정말, 너무 끔찍해요……. 아니야, 아니야, 아니야…….

지원 세상에서 가장 아름다운 소리를 내는 바이올린이 어떤 나무로 만들어지는지 아니? 좁은 곳에서 온몸을 움츠리고 아주 고통스러운 모습으로 구부러져서 자라고 있는 나무야. 마치 무릎을 꿇은 것처럼 온몸을 제대로 펴지도 못하고 자라는 나무로 만든 바이올린이 가장 아름다운 소리를 낸대.

제인 제발, 제발 그만 좀 하세요.

엄말…… 잊겠어요.

우리 인생은 처음부터 어긋나 있었어요. 우리가 합해질 수 있는 끈은 없었어요. 그런 걸 기대한 게 잘못이에요. 그렇지만 지금 내가 살아 있다는 거, 이렇게 숨을 쉬고 있다는 거, 그에 대한 보답으로 이걸 전해 주세요. 병원비라도 보탤 수 있겠죠. 짐을 싸겠어요. 더 이상 같은 땅에서 숨을 쉰다는 게 견딜 수 없어요. 숨이 턱턱 막혀요.

제인 퇴장하고
혼란스러운 지원.
전화벨이 울린다.

지원 여보세요. 네 그런데요. 네, 잘 아는데요, 왜 그러시죠? 네? 뭐라구요? 그게 정말이세요?

놀라는 지원의 얼굴이 어둠 속에 잠긴다.

4. 배반의 생

며칠 후.

김목사 놀라셨죠.

지원 ……

김목사 그러셨을 거예요.

지원 담담하시군요. 마음의 준비가 되어 있으셨나 봐요.

김목사 제인을 보면서 준비를 했지요. 내게도 머지않아 이런 날이 올 것이다, 그런 생각이요.

지원 이름은 수잔이구 스무 살이에요.
입양한 아버지는 이미 몇 년 전 사망했고 어머니하고 살고 있어요. 어머니도 나이가 많아서인지 수잔에게 친부모를 찾을 것을 권했다는군요. 엄마 이름은 가명이었지만 아빠 이름은 실명으로 되어 있었죠.

김목사 내가 직접 안고 갔으니까요. 20년 전이지요. 벌써.

지원 그 애를 보낸 기관을 통해서 여러 다리를 거쳐서 저한테까지 연락이 왔어요. 찾기 시작한 건 꽤 오래된 모양이에요.

김목사 그 애를 한 번이라도 보고 싶어했지요. 늘 마음 속에 자릴 잡고 있었어요. 목회자가 되기로 결심한 것도 내가 지은 죄악에 대한 회개에서 비롯됐구요.

지원 잘 됐군요, 준비가 되어 있으니. 그럼 당장 연락을 하죠.

김목사 아니요. 만나지 않겠습니다.

지원 뭐라구요?

김목사 만나지 않을 겁니다.

지원 그게 무슨 말씀이세요?

김목사 만날 수가 없어요. 그렇게 마음을 정리했습니다.

지원 아이를 두 번 버릴 셈이세요?

김목사 제인을 보면 알 수 있지 않습니까. 다시 시작할 수는 없어요. 용서한다는 건 무리라구요.

지원 세상에……. 제인과는 경우가 달라요. 미혜는 상황이 좋지 않다구요, 최악이에요. 그렇지만 목사님은 아니잖아요. 목사님은 나름대로 성공하셨고 이제 그 딸에게 무언가를 해주실 수도 있잖아요. 아니 그 애가 꼭 뭘 바라는 것도 아니에요. 그저 아버지라는 사람이 어떤 사람인지 그것만이라도 알고 싶은 거라구요.

김목사 그건 중요하지가 않아요.

지원 알겠어요. 목사님이 지금 가진 것들 때문이군요. 목회자로서의 길을 가는 데 방해가 될까봐서요. 아니 또 있지요. 가족에게 알려지면 그것도 심각한 문제가 되겠지요.

김목사 그런 건 두렵지 않아요. 난 아무 것도 잃을 게 없는 사람입니다. 이미 이십 년 전에 모든 걸 잃었어요. 아이를 무책임하게 버린 그 순간, 소중한 모든 걸 잃었던 겁니다. 더 이상 잃을 건 아무 것도 없어요.

지원 그럼 대체 왜 딸을 만나지 않겠다는 거죠?

김목사 자신이 없어요. 도저히 만날 수가 없습니다. 두려워요. 그 애를 마주할 수가 없어요. 난 차라리 미혜씨가 부럽습니다. 제정신으로는 도저히 그 애를 볼 수가 없어요. 그동안 그 애의 고통의 세월을 생각하면 내가 살아 있다는 게 죄스럽습니다. 도저히 만날 용기가 없어요.

지원 목사님을 위해서군요. 결국은 또 목사님 자신을 위해서예요. 목사님 자신이 고통스러울 게 두려워서 다시 그 애를 버리겠다는 거죠. 전 그렇게밖엔 이해가 안 되는군요.

김목사 이핼 못 하셔도 할 수 없지요. 제 마음은 변치 않아요. 제가 용기가 날 때 먼저 찾아가겠습니다. 아마 더 시간이 지나야 하겠지만요.

지원 좋습니다. 그럼 묻겠어요. 제가 그쪽에 어떻게 알려주면 될까요? 아버지를 찾지 못했다, 아니면 찾았는데 만나지 않겠다고 한다, 어느 쪽을 원하시죠? 아니 차라리 아주 죽었다고 할까요? 그럼 다시는 찾지 않겠지요.

지원이 나가면 오랫동안 왜소하게 앉아 있는 김목사.

김목사 전 목삽니다. 하나님의 말씀을 전하는 목사, 사람들 앞에서 선과 악에 관해 온갖 설교를 해대는 목사 말입니다. 사랑하지도 않는 여자와 몸을 섞고 불륜의 씨앗을 잉태하였으며 다시 하나님이 주신 귀한 생명을 버린, 더럽고 추악한 죄인이 이러구 저러구 하나님의 말씀을 떠들어대고 있었습니다 …… . 하기야 하나님은 이렇게 말씀 하셨지요. 너희들 중에 죄 없는 자가 돌을 들어 저 여인을 쳐라…… .
돌을 던져 주세요. 제발…… 돌더미에 파묻혀 피를 흘리며 그렇게 죽을 수만 있다면, 전 그렇게 하고 싶습니다. 정말입니다, 정말이에요.

소리 목사님 오늘 오전에는 병원에 입원하고 있는 환자들 심방과 안

수 기도가 있구요, 저녁 설교는 개척 교회 초청설교로 잡혀 있습니다.

소리　아빠 놀이동산에 언제 가요. 약속했잖아요.

소리　너희 중에 죄 없는 자가 돌을 들어 저를 쳐라⋯⋯.

소리　내일 아침에는 참신앙회 소속 목사님들과 나라와 민족을 위한 조찬 기도회가 있구요.

소리　아빠, 다른 애들은 아빠랑 매주 산에도 가고⋯⋯.

소리　점심 식사는 이번에 이사로 승진한 김장로님 축하 예배입니다.

소리　여보 요즘 너무 피로해 보여요.

소리　그리고 오후 3시에는 중국 선교사 파송 문제로 교단의 지부회의가 있습니다.

소리　너희 중에 죄 없는 자가 돌을 들어 저를 쳐라⋯⋯.

소리　일을 좀 줄이세요. 이러다 쓰러지겠어요.

소리　저녁 7시에 청년부 간증집회가 있구요.

소리　과로하다 무슨 일 생기면 하나님 주신 사명을 어떻게 다 감당하려고 그래요.

소리　그리고 11시부터 특별 철야예배입니다.

소리　돌을 들어, 돌을 들어 저를 쳐라⋯⋯.

소리　목사님, 저 기도 좀 해주세요.

소리　돌을 들어 저를 쳐라⋯⋯.

소리　마음이 아파서요, 가슴이 콱 막히면서 숨이 안 쉬어져요. 이러다 그냥 심장이 멎어버릴 거 같아요.

소리　돌을 들어, 돌을 들어, 돌을 들어 저를 쳐라⋯⋯.

소리　내가 네 기도를 들었고⋯⋯

소리　돌을 들어 저를 쳐라⋯⋯.

소리　네 눈물을 보았노라⋯⋯.

목소리들이 회오리처럼 빠르게 섞이며 김목사를 한쪽으로 몰아간다.
김목사 퇴장하면
다른 쪽에서는
지원이 기도하고 있다.

지원 제가 서 있는 이 자리가 점점 무거워집니다. 하나님께서 주관하신 생명들, 그들의 생에 제가 감히 이렇게 저렇게 관여하고 있으니, 참으로 터무니없는 노릇이지요. (긴 사이) 간절히 바라건대 이 부족한 것을 통해 일하시되, 제발 저의 손으로 하게 마옵시고 오직 주님의 손으로, 주님의 뜻에 따라 하옵소서. 부족하고 죄 많은 저를, 오직 주님의 도구로만 쓰시옵소서.

제인이 들어온다.

제인 방해가 됐나 봐요.
지원 아니야. 왜, 잠이 안 와?
제인 며칠 동안 조금도 못 잤어요. 관장님. 제가 어떻게 태어났는지, 알려주세요. 알아야겠어요.
지원 모르는 게 나은 경우도 많지. 지난번 문제만 해도 내가 경솔하지 않았나 후회하고 있어.
제인 지금 모른 채 돌아갔어도 언젠가는 다시 왔을 거예요. 알지 않고는 못 배겼을 거예요.
지원 남의 인생에 끼어든 기분이 어떤 건지, 아마 모를 거야. 수없이 많은 아이들이 내 손을 거쳐서 이국땅으로 건너갔고, 앞으로도 마찬가지야. 이 서류들을 좀 봐. 저마다 사연을 담고 있어, 모두들 말로 다 못하는 고통을 담고 있지. 미지의 세계로 아이들을 밀어 내면서 잘 살라고, 하나님이 인도하신다고, 곁에서 지켜 주신다고 기돌 하다니, 터무니없는 일이지.

제인 죄송해요. 그렇지만 관장님한테라도 그렇게 하지 않으면 전 터져버릴 것만 같았어요. 안 그랬음 전 자살이라도 해야 할 판이었다구요.

지원 나무래자는 게 아니야. 그저 내 일이 문득 괴로워져서 그래. 내 인생이 빈 껍데기처럼 느껴져.

제인 한 번만 더 도와주세요. 제 출생에 관해서 알려 주세요.

지원 당장 떠나겠다더니.

제인 아뇨, 이대론 못 가요. 엄마가 왜 저렇게 살아야 하는지 알아야겠어요. 전 스무 살이에요. 모든 걸 각오하고 있어요. 알려주시는 걸 모두 받아들이겠어요. 최악의 상황까지두요.

지원 후회할 일은 더 이상 않겠어.

제인 올 땐 엄마에 대해서 가능하면 좋은 상황이길 기대했지만 세상은 늘 그렇게 절 배반해왔죠. 이제 마지막 배반을 각오하겠어요.

지원 이젠 내가 자신이 없어. 내가 확신이 없다구.

제인 믿어주세요. 관장님, 저, 견딜 수 있어요. 이겨낼게요. 이대로 무너지지 않을게요.

지원 제인이 상상했다는 게 어느 정도인지 모르지만, 정말 믿어도 되겠어?

제인 (끄덕이고)

지원 내가 잘못을 반복하는 게 아니길 바래.

제인 절대루요.

지원 벌써 이십 년 전이군. 미혜가 어느날 다 죽어가는 목소리로 전화를 했었지.

5. 미혜의 지옥 [1]

머리와 의상의 약간의 변화로 20년 전으로 돌아간 지원이 여전히 같은 공간에서 일하고 있다.

지원   (전화를 받으며) 여보세요. 말씀하세요. (사이) 괜찮아요. 자, 얘길 해보세요. (긴 사이) 만나서 얘기할까요? 그래요, 주소가……, 알겠어요. 곧 갈게요. 그럼 꼭 기다리고 있어야 돼요.

미혜의 방.
넋을 잃은 표정으로 쭈그리고 앉아 있는 여고생 미혜.

지원   전화한 학생, 맞아요?
미혜   (말없이 고개만 주억거린다)
지원   어디 아픈 거 같은데…….
미혜   …….
지원   무슨 일이 있었던 거지?

미혜, 두려움으로 몸을 움츠리고 구석으로 달아나면서 날카로운 소리.

---

1) 이 부분은 1997년 6월 전라도의 한 마을에서 일어난 동네 주민들의 여고생 성폭행 사건을 소재로 했다.

미혜   안돼……, 안돼 !

지원이 조심스레 다가가고
울면서 무너지는 미혜와 지원의 위로하는 몸짓.
미혜와 지원이 무대 한쪽에서 이야기를 나누며 과거를 회상하고
또 하나의 미혜가 무대 중앙에 있다.

미혜의 이야기……

산길을 터덜거리는 자동차 바퀴소리가 들리고
교복을 입은 미혜가 차에 탄 남자에게 인사하는 시늉.
남자는 등장하지 않고 미혜는 그와 대화를 하는 것처럼 한 문장마
다 사이를 둔다.
여고생 미혜가 조명 아래 홀로 창백하게 서 있다.

미혜   안녕하세요.
미혜   순영이는 컴퓨터 학원 간다구 수업 끝나고 읍내로 가던데요.
미혜   전 안 다녀요. 너무, 비싸서요.
미혜   아니요. 괜찮아요. 늘 다니는 길인데요 뭐. 그냥 가세요.
미혜   아니에요. 전 그냥 걸어가는 게 좋아요.
미혜   걸어가는 게 좋은데……

미혜가 작은 의자에 앉는 것으로 차에 타는 몸짓을 하면 붕 하고 차
가 다시 떠나는 소리.
누군가와 계속 대화하듯 사이를 두며 독백한다.

미혜   걸어서 한 시간쯤 걸려요.

미혜   학교요? 일찍 가요. 여섯 시 반에는 나가야 돼요. 그래야 안 늦
      어요. 겨울엔 정말 춥고 무섭지만, 요즘은 그래도 날도 환하고,
      괜찮아요.

미혜   아버지 계실 때는 경운기라도 가끔씩 얻어 타곤 했는데. 아프거
      나 할 땐 좀 힘들죠.

미혜   엄마요? 장에 나가셨어요. 매일 나가세요.

미혜   나물 뜯어다가 팔기도 하고 밭에서 채소 기른 것도 가지고 나가
      고, 그러세요.

미혜   아버지 생각이 많이 나죠.

미혜   네?

미혜   어…… 왜 이러세요. 이러지 마세요.

미혜   아, 아저씨. 이러지 마세요. 내리겠어요. 내릴 거예요. 차 세워주
      세요. 아저씨 전 순영이 친구예요. 제발, 이러지 마세요

미혜   아저씨. 아저씨 제발 이러지 마세요.

      브레이크를 밟는 소리가 신경질적으로 들리고
      사이드 브레이크를 당기는 소리가 위협적으로 들린다.

미혜   아저씨, 왜 이러세요. 엄마야. 아저씨, 살려주세요.

미혜   아저씨, 살려주세요. 제발 아저씨, 전 순영이 친구예요. 아저씨
      어떻게 이렇게, 안돼요, 아저씨 살려주세요. 아저씨, 제발, 제
      발…….

미혜   저리 비켜, 비켜, 비키란 말이야. 살려주세요. 엄마 나 살려 줘.
      엄마…….

한동안 정적.

부릉거리는 차가 광포한 소리를 내며 멈추는 소리.

떠밀리듯 의자에서 떨어지는 미혜.

다시 차가 거칠게 출발하는 소리 들리고

널부러진 미혜.

잠시 후 피곤에 지친 초라한 행상차림으로 순옥의 귀가.

미혜   …… 난, 엄마한테…… 아무 말도 하지 못했어요.

순옥   에미 왔다.

미혜   …….

순옥   야, 이 게으른 지지배야, 어쩌자고 밥도 안 해 놓고 있냐, 불도 안 켜구. 게을러빠진 년 같으니, 그래 에미가 쎄빠지게 일하고 왔으믄 없는 찬에 밥이라두 해놔야 될 거 아녀. 철딱서니 없는 년 같으니. 이 에미가 누구 땜시 이 고생 허고 다니는디.

미혜   피곤에 지치고 고생에 찌든 엄마 얼굴, 아아 난 그 끔찍한 일을 차마, 차마 말할 수 없었어요.

순옥   야, 에미 왔어. 내다도 안 보능겨. 워디 아퍼?

미혜   엄마가, 엄마가 날 죽일 것 같았어요. 차라리 그때 엄마한테 맞아 죽었으면…… 차라리 그게 나았을 거예요. 애저녁에 그렇게 했더라면, 그랬다면 좋았을 거예요.

순옥   야야, 머리가 뜨거운디 감기 걸렸냐. 약이 워디 있나 찾아봐야 쓰겄다.

미혜   엄만 놀라서 아마 나랑 그 아저씨를 당장 죽인다고 덤벼들었을 거예요.

순옥   자, 이거라두 먹어라, 아스삐링이 최고여. 만병통치니께 먹고 푹신 자면 날겨.

미혜 난 공부도 잘 못하고 엄마를 기쁘게 해 준 적이 한 번도 없는데 이런 끔찍한 일로 또 엄마를 괴롭히는 건……, 난 엄마한테 입을 열 수가 없었어요.

순옥 읋는 사람은 그저 몸이 재산인겨. 아프믄 당장 뭔 돈으루다가 치료허고, 또 일 못 허는 대신 워디서 돈이 난디야. 그저 밥 잘 먹고 잠 잘 자고 그기 보약이지.

미혜 그런데 어쩌면 좋아요.

순옥 밥 해 올팅게 자지 말고 기둘려라잉. 테레비라도 틀어놔 야. 시끌시끌 혀야 사람 사는 집 냄새도 나고 그라지.

미혜 나, 이제 어떻게 해야 되죠.

순옥 김치라도 쑹쑹 쓸어 넣고 국 끓여 올팅게 지둘려. 그냥 자믄 안 뒤야.

미혜 내가 확 죽어버리면……. 아아 차라리 죽는 게 나을까요.

순옥 안뒤야, 절대 끼니 걸르고 자믄 안뒤야. 아플수록이 끼니를 챙겨야 혀.
     이놈의 고된 팔자는 원제나 좀 편케 살 날 있을까잉.

미혜 안돼요, 엄만 그럼 너무 외로울 거야. 나만 사랑하는 우리 엄마……. 나 하나 보고 사는 우리 엄마…….

어두워지고.

미혜 나 인젠 학교 못 가. 애들이 다 알 거야. 내가 아무리 아닌 척하고 있어도 내가 더러운 애라는 거, 애들은 다 알 거야. 교실에 어떻게 앉아 있어. 더러운 몸으로 어떻게 하얀 교복 입고 앉아서, 무슨 공불 한다고. 엄마 나 어쩌면 좋아. 어떻게 해요. 아버지……. 나 어떻게 해. 엄마, 나 어떻게 해요…….

희뿌윰하게 날이 밝아오고, 다시 아침.

순옥 야야, 날이 다 밝었어야. 핵교 안 가냐. 얼릉 일어나서 한 숟갈 먹고 가야지. 저 순영이 아부지헌티 전화 넣어 놨다. 너 데릴러 온디야. 아저씨허구 병원이 갔다가 핵교 가라잉. 오늘은 쩌그 먼 장이여. 첫 차 타고 먼저 나갈팅게. 아쉬울 때는 그저 순영이 아부지가 젤이다. 옛정을 생각혀서 내가 뭔 부탁을 하믄 꼭 들어주니께 말여. 너 오늘 많이 아프다고 걸어서 못 가니께 읍내 병원 좀 델꼬 가라고 부탁했응께. 잘 갔다가 핵교 가라잉.

순옥이 나가고
음악으로
미혜의 두려움과 고통에 찬 기나긴 날들이 계속되다가
째지는 듯한 충격음이 들리면서
순옥의 절규.

순옥 왜 반항도 못 헌겨. 왜 죽어라고 내빼지도 못 혔나 말여. 왜 바보 맹키로 고로코롬 당하고만 있었능겨.
미혜 그럴려구 했어, 엄마. 달아날려구 죽을 힘을 다해서 달아날려구 했어. 그런데 아저씨가 너무 힘이 쎘어. 너무나 엄청나게 힘이 쎄서 난 어쩔 수가 없었어.
순옥 아녀, 그려두 죽어라고 한 번 뎀벼들어서 너죽고 나죽자 죽기 살기루 뎀비믄 말여, 그려두 도망갈 수 있었을겨.
미혜 엄마…… 엄만 내가 최선을 다하지 않았다구, 그렇게 생각하는 거야.
순옥 그려, 이것아. 월매나 못났으믄 그런 빤히 아는 눔헌티 고래 당할 수가 있능겨.

미혜　아는 사람이니까, 아는 사람이니까…… 설마…….

순옥　그래 그눔헌티 몇 번이나 그 꼴을 당헌겨.

미혜　맨처음엔 차를 태워 준다구, 그러면서 산으로 날 끌고 갔었어.

순옥　그랑께 왜 넘의 차는 타구 지랄이여. 멀쩡한 다리루다가 걸어서 댕기지 뭣 허러 차는 달랑 올라 탄겨.

미혜　타지 않았어두 마찬가지였어. 이후론 여기저기서 불쑥 불쑥 나타나서는…….

순옥　그럼 또 워디서 그랬단 말여.

미혜　한 번은 순영이 방에서.

순옥　시상에 그런 썩을 눔의 인간이 다 있디야. 지 딸년 방에서 딸년 친구 잡아먹는 드런 눔의 인간이 있어. 시상에 그런 인간이 다 있단 말여. 내 이놈을 당장에 쫓아가서 진상을 밝히고 올겨. 이 나쁜 놈헌티 내 딸 물어내라고 할겨. (뛰어 나가고)

지원과 미혜.

지원　아저씨는 누구지.

미혜　돌아가신 아버지의 친구고…… 내 친구 순영이네 아버지예요.

지원　그런 일을 당하리라곤 상상도 못했겠네.

미혜　…….

지원　많이 힘들었지.

미혜　순영이 방에서 그 일을 당할 때가 제일 끔찍했어요.

지원　친구 방에서?

미혜　여기서 이렇게 죽는 게 낫겠다구. 순영이가 방문을 열고 들어오기라도 하면 어쩌나, 난 내가 무슨 일을 당하고 있는지도 잊어버린 채 순영이 생각만 했어요. 순영이 생각에 아저씨 제발 빨리 하세요, 이렇게 외칠 정도였으니까요. 순영이 책상과 의자가 나를 내려다보고 있더군요. 우리 둘이 함께 찍은 사진이 걸려 있는 방에서, 순영이가 보는 책과 참고서들이 있는 방에서, 순영이 옷이 마치 순영이인 것처럼 나를 내려다보는 방에서, 순영이가 늘 덮고 자는 이불을 깔고, 나는 그 애 아버지한테 사정없이 눌려서 그놈의 일을 당하고 있었던 거예요. 차라리 이 자리에서 죽어라. 내가 이제 엄마랑 순영이랑 순영이 엄마를 어떻게 보나…….

지원 그 사람은 뭐라고 했지.

미혜 이 사실이 알려지면 자기도 죽고 나도 죽는다고 했어요. 하교 길에 차에 싣고 가서는 어디다 땅을 파서 묻어버린다고. 쥐도 새도 모르게 나 하나쯤 없앨 수 있다고. 그깟 건 일도 아니라고 했어요.

지원 왜 경찰에 신고하지 않았어.

미혜 무서워서요. 남자들은 다 무서웠어요. 경찰도 남자잖아요. 그 사람들이 나를 좁은 방에 가두고 조사를 하면서 나한테 그 짓을 하는 꿈을 꾸었어요. 처음엔 친절하게 묻고 적고 이야기를 들어주다가 점점 가까이 와서는 몸을 자세히 봐야 한다고 하면서 옷을 다 벗어야 한다고 하죠. 그러고는…….

순옥 이 나쁜 놈아, 내 딸 내놔라. 이 시상에 싸가지 없는 놈아. 천벌을 받을 놈아.

미혜 동네 사람들도 우릴 믿어주지 않았어요. 터무니없는 모함이라고 아저씨가 큰 소릴 쳐댔고 오히려 내가 차 다니는 길목에서 기다리고 있다가 자기를 수 차례 유혹했지만 점잖게 타이르고 차에 태워서 집으로 데려다 주었다고 그러는 거예요. 얼마나 어려우면 저러나 싶어 용돈까지 주었다고 하면서…….

순옥　남편 없는 설움에 애비 없는 설움까지……. 살기가 어려워지니께 모녀지간이 생사람 잡아서는 돈이나 뜯어낼 속셈으로 저런다고, 그 말을 아이고 시상에, 사람들이 믿드라니께. 그라고는 우리를 시상에 다시 없는 파렴치한 사람들로 몰아붙이드라니께…….

지원　아기는?

미혜　…… 배가 불러오기 시작했어요……. 모든 게 끝장이라는 생각이 들었죠.

지원　그래서 어떻게 했지.

미혜　먹는다는 게 죄스러워서 며칠을 굶었어요. 내가 먹지 않으면 내 뱃속의 아기도 그저 그렇게 죽는 건 아닐까 그런 생각도 했다가…… 뱃속에 죽은 아기가 들어있는 모습을 상상하면 너무 끔찍했어요. 그래서 다시 밥을 먹었는데 내가 밥을 먹을 때면 아기가 내 몸을 통해서 그걸 받아먹는다는 느낌 때문에 눈물이 났어요. 어쩌다, 정말 어쩌다 내 몸 속에 이렇게 생명이 생긴 것일까. 정말 살 곳이 아닌 곳에, 하필이면 이런 곳에 자릴 잡았나 싶어 눈물이 막 나왔어요.

순옥　당장 병원 가자. 이 웬수야. 아 조금이라도 더 크기 전에 얼른 떼 버려야지.

미혜　엄마 무서워.

아기　(목소리) 엄마, 무서워.

미혜　엄마, 나 무서워.

아기　엄마, 나 무서워.

순옥　하루라도 지날수록 더 무서워지능겨. 아가 조금이라도 자라면 더 끔찍헌겨.

미혜　살려줘요. 살려주세요.

아기 살려줘요. 살려주세요.

순옥 그려 다 살자고 하는 짓이여. 너 살리고 내 살자고, 우리 살자고
      하는 짓이여.

미혜 살려주세요.

아기 살려주세요.

      순옥이 미혜를 거칠게 끌고 나가면서 암전.

6. 생명, 빗물 속으로

지원　어떻게, 생각해 봤어?

미혜　……병원에…… 가려구요.

지원　영 안되겠니?

미혜　전 겨우 열여섯 살인데…… 아일 낳아야 키울 수도 없는데……
　　　어떻게 해요.

지원　두 달쯤 됐지.

미혜　잘…… 몰라요.

지원　임신 2개월이 되면 이제 비로소 fetus, 태아라고 부르지. 자식이
　　　란 뜻을 가진 단어야.

미혜　…….

지원　눈이랑 입이랑 귀가 생기고 사람 모양을 하게 돼. 조금 있으면
　　　심장 뛰는 소리도 들을 수 있어.

미혜　그러니까 더 급해요. 사람 모양이 되기 전에 빨리 가야 해요. 선
　　　생님 저 도와주세요. 엄만 이제 와서 유전자 검산가 뭔가 한다고
　　　유산하지 말고 아일 낳으래요. 아저씨가 거짓말만 하니까 본때
　　　를 보여 준다구요. 그렇지만 난 무서워요. 선생님 모든 게 무섭
　　　고 끔찍해요. 아기가 이리저리 휘둘리는 건 더 못할 짓이에요.
　　　선생님 이대로, 이대로 다시 돌려보내요. 제발 도와주세요.

지원　아주 오랫동안 기다려도 아길 갖지 못하는 사람도 있어.

미혜　전 싫어요. 전 기다리지 않았어요.

지원 너도 언젠가 아길 기다리게 될 거야. 그리고 어쩌면 그 기다림 끝에서 절망을 알게 될지도 몰라.

미혜 나중 일은 몰라요. 상관없어요.

지원 누군가를 사랑하게 되고 결혼하게 되면, 아기를 원하게 될 거야.

미혜 그런 일 절대 없을 거예요. 아무도 좋아하지 않을 거야. 남자를 좋아하게 된다구요? 끔찍해. 아무도 좋아하지 않겠어, 어떻게 다시 그런 일을 겪으라구요.

지원 나도 그렇게 내 생각대로 내 의지대로 세상이 살아지는 건 줄 알았어. 실은 나도…… 원하지 않는 때 아길 가진 적이 있었지, 너처럼.

미혜 선생님두요?

지원 난 그 사람을 사랑하는지조차도 몰랐어. 이제 와서 보면 그런 건 생각해 본 적도 없는 거 같애. 같이 일하다보니까 어느 날부터 함께 살기 시작했지. 우린 결혼식도 하지 않았고 영원히 함께 살리라는 맹세도 하지 않았어. 그저 당분간 같이 있기로 했고, 그 끝이 언제인지는 우리도 몰랐어.

민수가 등장하면서 과거로 이동.

민수 그 끝은 참 빨리 왔지.

지원 그래, 참 빨리 왔어. 우린 같이 산다는 것에 대해서 '우리' 라는 것에 대해서 아무 것도 몰랐어. 이념이 맺어준 동지의 개념으로 함께 있을 수 있다고 생각했는데, 그 이념이 공허해지면서 우린 아무 것도 나눌 수가 없었지.

민수 넌 왜 날 거부하는 거야, 대체 왜 그래?

지원 난 너랑 섹스나 할려구 같이 있는 거 아니야.

민수 그건 너무나 자연스러운 거야. 넌 날 사랑하지 않니?

지원 그게 더 깊은 사랑으로 인도한다고는 생각지 않아.

민수 정말 이해할 수가 없어. 난 널 사랑하고 너를 안고 싶어. 널 만지고 싶고 너하고 사랑을 나누고 싶어. 그게 잘못이란 말이야?

지원 난 너하고 자고 싶지 않아. 그런 행위 자체를 혐오해. 증오한다구.

민수 어째서?

지원 난 섹스와 그 결과에 대해서 책임을 질 수가 없어. 책임질 수도 없는 일에 집착하는 건 이성적인 게 아니야. 우린 사랑이라느니 따위의 감정적인 차원에서 결합한 게 아니잖아. 우린 다만 이념을 같이 하는 동지일 뿐이야. 그걸로 족해. 더 이상 아무 것도 요구하지 마. 동의하지 않는 섹스를 강요하면 그건, 강간이야.

민수 물론 시작은 그렇게 했어. 그렇지만 남자와 여자가 성을 매개로 해서 관계를 갖는 건 나쁜 일이 아니야. 우린 그걸 이미 경험한 적이 있잖아. 내가 감옥에 가기 전에 우리가 사랑을 나누던 걸 생각해 봐, 그때……

지원 그만 해. 제발 그만 해.
나쁜 새끼, 그래 넌 그게 좋았니? 그렇게 좋았어? 억지로, 니 멋대로 술기운을 빌어서 일을 저질렀지. 좋았다구? 난 좋지 않았어. 전혀. 난 널 얼마나 혐오했는지 몰라. 난 너한테 깔려서 발버둥쳤어. 니가 얼마나 쾌감을 느꼈는지 모르지만 난, 어땠는지 아니?
단 한 번 너와의 관계로 난…… 임신을 했어.

민수 뭐라구? 그게 정말이야? 왜 말하지 않았어?

지원 말했으면, 말했으면? 그럼 니가, 낳아서 잘 키워라, 이랬겠니? 뭐라구 말할지 뻔한데 뭐 하러 말을 해. 난 아기를 죽였어.

아주 간단하드라. 내 몸에 자리잡았던 그 가련한 생명이 몇 분만에 핏물이 되어 쏟아져 내렸지. 의사가 나를 거리의 여자 취급을하면서 수술하는 동안, 몸을 제대로 간수하지 못한 여자를 경멸하면서 농담처럼 수술을 해대는 동안, 수많은 여자들이 원치 않는 임신으로 자신에게 상처를 입히며 누웠던 거기 그 더러운 수술대 위에 누워서 내가 온몸으로 느껴야 했던 그 치욕과 두려움…… 끔찍해. 넌 상상도 할 수 없을 거야.

그렇게 아기를 죽였어.

니가 그렇게도 좋았다고 기억하고 있는 그 잘난 섹스가 날 얼마나 오랫동안 상처입혔고 슬프게 만들었는지, 니가 그걸 어떻게알겠니. 수술이 끝나고 병원에서 나왔는데 세상이 끝없이 어지럽게 돌아갔어. 병원 앞에 쪼그리고 앉아서 그 어지럼증이 사라지기를 하염없이 기다렸지.

비가 미친 듯이 퍼붓고, 난 우산이 없었어. 그래, 내가, 멀쩡한생명을 하나 막 죽이고 나온 내가, 무슨 염치로 우산을 쓰고 비를 가리겠어. 그렇지만 난 그 빗속을 뚫고 걸을 용기가 나질 않았지. 아기를 죽이고 나오는 주제에 그 잘난 몸에 비를 맞힐 용기는 없다니, 참 우습지. 살인을 한 주제에 지 몸엔 비도 못 맞힐정도로 벌벌 떤다는 게 말이야.

민수   어떻게 그런 일이…….

지원   나 그랬어. 정말 힘들었어. 난 수술하고 나서 니가 꼴도 보기 싫었지만 면회를 갔지. 미친년……. 오해는 하지 마. 난 단지 내가맡은 책임을 다하려고 갔던 거야. 널 면회하는 건 나의 일이었지.

바보였어. 왜 내가 그놈의 일에 그렇게 매달렸을까. 난 내가 정말 그 일을 원하고 있는지에 대해서 고민도 안 했어. 늘 초라한 옷에 화장기 없는 얼굴에 세상의 모든 고민을 혼자 다 짊어진 투사처럼 굴었지.

대체 우리가 뭘 할 수 있었겠어. 우린 아무 것도 할 수 없었어. 우린 스스로를 기만하고 있었는지 몰라. 진실이라고 믿고 매달렸던 것들이 정말 진실이었고, 내 모든 것을 걸었던 그 일들이 다른 걸 모두 포기했어야 할 만큼 정말 중요한 것들이었는지, 난 모르겠어. 정말 모르겠어. 난 대학생이 된 후 온통 공장과 학습과 교육과 데모와 운동과 조직과, 그런 것들과 함께 보냈어.

그리고 지금, 이제 남은 게 뭐지? 우린 인생의 낙오자일 뿐이야.

민수 자학하지 마, 우린 시대에 대해 책임을 다하고 있는 거야.

지원 오민수, 맹세해, 나중에 세월이 많이 흘렀을 때 오늘 내가 당한 이 고통을 함부로 밟고 가지 않겠다고 약속해. 너 혼자 시대의 고통을 짊어지고 꽤나 의미 있는 일을 한 것처럼 잘난 척 하거나 훈장이라도 단 것처럼 떠들어댄다면, 난 절대 널 그냥 두지 않을 거야.

민수 넌 나를 싸구려처럼 매도하는구나. 우린 정신이 올바로 박힌 순수한 젊은이고 그래서 이런 어려움을 견디고 있는 거야.

지원 그런 줄 알았어. 근데 아닌 거 같애. 언젠간 너도 투쟁 경력을 과대포장해서 국회의원 배지랑 바꾸는 사람들처럼 될 거 같애. 국회의원 오민수, 80년대 운동권의 투사……. 전엔 그걸 몰랐는데 이젠 그게 보여. 니 얼굴에 감추어진 더러운 욕망이 보인다구.

민수 이러지 마. 우린 오늘 이 부패한 세상에서 최선을 다해 살고 있는 거야. 우린 시대와 정면으로 맞서고 있다구.

지원 그만 둬. 그런 말 역겨워. 이 더러운 방에서 섹스나 하는 게, 차라리 그게 더 솔직한 거 같다. 하자구. 하루 종일이라두 하지 뭐. 어려운 일 아니야. 그래서 또 애가 생기면 그놈의 뒷골목에 있는 낙태 전문가한테 가면 되지 뭐. 그 비아냥거림을 들어가며 다시 애를 죽여서 쓰레기통에 버리고 아무 일도 없는 것 같은 뻔뻔한 표정을 짓고 이놈의 방구석으로 돌아오는 거야. 두 번째는 덜 힘 들겠지.

민수 그만 해. 내가 잘못했어. 용서해 줘. 아무 것도 몰랐던 날 용서해 줘.

지원 너 보기 싫어. 우리가 함께 뭘 할 수 있지? 난 너 싫어. 내가 잘못 생각했었어. 그만 두자. 너랑 한 곳에서 이렇게 있는 거, 정말 더 이상 참을 수 없어. 널 다신 보지 않을 거야. 널 보면 자꾸만 아기가 생각나. 지금쯤 어디에 있을까. 핏물이 되어 죽어간 그 작은 생명이 자꾸만 생각나. 이 더러운 세상에서, 제일 못난 남자와 제일 멍청한 여자 사이에서 생겨난 그 작은 아기가 생각나서 미칠 것 같다구. 잊지 마. 니가 함부로 그놈의 섹스를 원할 때 우리 애기가 널 지켜보고 있는 걸 잊지 말라구.

지원의 회상이 끝나고 현재로 돌아오면
멍한 미혜의 얼굴에 잠시 창백한 조명.

7. 모진 세상

출산하는 미혜.
아기의 울음소리 희미하게.

미혜   엄마……

순옥   이 웬수야.

미혜   어디…… 있어.

순옥   것두 새끼라구 보고 싶냐? 딸이여, 딸. 징그런 놈의 3대구먼 그
      려. 나가 이제 나이 마흔에 벌써 할머니 됐당게. 잘난 딸년 땜시
      벌써 핼미 소리 듣게 됐당게.

미혜   어딨어?

순옥   인큐베탄가 뭐신가 쩌그 통 속에 들었다. 아가 너무 작아서 못쓴
      디야. 그냥 두믄 바로 죽는디야. 월매 못 살고 죽는디야.

미혜   거기 있으면 살 수 있대?

순옥   살리자고 는 것이지 그럼 쥑일라고 는 줄 아남.

미혜   엄마 이게 잘 하는 짓이야.

순옥   내도 몰른다. 애를 봉께 여간 맴이 아픈 게 아녀. 짠하다.

미혜   어차피 키울 것도 아니면서.

순옥   그래도 워치케 산 목숨을 거저 죽인다냐.

미혜   그냥 온 곳으로 조용히 돌려보냈으면 좋았을 걸. 아무도 반가워
      하지도 않는 세상에 굳이……

순옥 이런 싹수 읎는 년 같으니. 야야, 집어쳐라. 에미 맘 아프게 할라고 작정을 혔냐.

미혜 검사는 언제 한대?

순옥 고만 복장 뒤집고 잠이나 한숨 푹 자라. 어린 기 아 낳는다고 월매나 애를 썼는지 얼굴이 고마 사람 얼굴도 아이다.

미혜 검사 끝나면 바로 헤어지는 거야?

순옥 징그런 시상이여. 참말로.

지원 소식이 있어요.

순옥 결과 나왔디야?

지원 네, 디엔에이 검사 결과는 좀 더 오래 있어야 하지만 혈액 검사 결과를 내놓으니까 어쩔 수 없이 자백을 했어요.

순옥 아이고, 이 나쁜 놈. 이 웬수 겉은 놈아, 워쩌자고 갈 길이 구만 리 겉은 어린 딸년의 앞길을 이렇게 모질게도 막는디야. 아이고 설마 설마 했는디 워쩌면 사람의 탈을 쓰고 고로코롬 모질게 했디야. 모든 진실이 밝혀졌응께 나 인자 증말로 가만 안 있을 텡께.

미혜 엄마…….

순옥 이놈 이 망헐 놈. (나가면서) 선상님, 인자는 그놈이 꼼짝 못 허지요? 인자는 더 이상 발뺌 못 허지요? 지금이라도 당장 감옥에 떡 허니 처넣을 수 있는 거지요?

지원 (끄덕이고) 몸은 어때?

미혜 …….

지원 힘들었지. 잘 했어.

미혜 벌 받을 거예요.

지원 네 잘못 아니야.

미혜 난 지옥에 갈 거예요, 틀림없이.

지원   터무니없는 생각을.

미혜   키우지도 못할 아기를 세상에 낳아놓고.

지원   누군가 좋은 엄마가 되어 줄 거야.

미혜   먼 데로 떠날 거야.

지원   아기를 기다리는 엄마들이 세상엔 아주 많아.

미혜   아무도 나 모르는 곳으로, 애기가 절대 나 찾을 수 없는 멀고 먼 데로 가서 꼭꼭 숨어서 살 거야.

지원   세상에 나오게 해준 것만으로도 용기 있는 일을 한 거야.

미혜   날 용서해 줘, 아기야…….

암전.

며칠 후.

순옥   워쩔 수 없능겨.

미혜   마지막으로 한 번만 안아볼게.

순옥   부질없는 노릇이여.

미혜   그래두.

순옥   시상에 워치케 요로코롬 태어나는 년이 다 있냐. 팔자도 드럽게도 억신 년…….

미혜   보내는 마당에 웬 욕은 그렇게.

순옥   너나 내나 이 어린것이나 모다 참말로 드런 놈의 팔자여.

미혜   (아기를 안고 **꿈을 꾸듯**) 아기는 어디서 올까.

순옥   에미는 남편 죽어 딸년하고 그저 살아보겠다고 밤낮 없이 일 다니고.

미혜   별나라에서 오나, 아님 하늘나라 선녀님이 보내주나.

순옥 딸년은 빤히 얼굴 아는 동네 놈헌티 몸 버리고.

미혜 달나라에서 옥토끼랑 살던 예쁜 아씨.

순옥 그놈의 드런 피가 또 새끼로 엮어져서 이렇게 시상에 뭐 먹을 거 있다고 나와서는…….

미혜 깊은 바닷속 용궁에서 살던 공주마마…….

순옥 결국은 다들 뿔뿔이 흩어져야 할 모진 시상에서 하필 이렇게 엮어져서, 참말로 모질다. 참말로 모진 것이 우리네 인생이여.

미혜 애기는 아무 죄 없는데.

순옥 드런 피 받아 생긴 게 죄지, 암 죄구 말구.

미혜 죄 없어두 벌 받나.

순옥 죄 없는 사람이 벌 받는 기 시상 이치지. 죄 있는 사람은 죄다 요리조리 빠져나가고 죄 없는 바보 멍청이들이 그 죄 옴팡 뒤집어쓰고 대신 벌 받으면서 산다니께. 그기 시상 이치여.

미혜 그래서 우리가 죄인이네. 아니 아니 우리가 벌 받고 있는 거 보니까 우리가 좋은 사람이네.

순옥 그려, 인저 알았남. 낭중에 우리가 돈 많이 벌고 돈심이 세지면 말여, 그땐 우리 애기 찾아서 다시 뭉쳐 살자.

미혜 아니. 아니야. 우리 이제 다신 만나지 말자. 만나면 너무 괴로울 거야. 맨날 그 생각 하면서 사는 거 끔찍해. 애기를 안 보면 잊혀지겠지.

순옥 그려, 잊을 수 있을겨. 암만, 하느님이 말여, 우리 다 잊어뿔고 살라고, 거시기 뭐여 건망증이란 거 다 맹글어노신겨.

미혜 나 졸리다.

순옥 그려. 사람은 말여. 시상에 나올 때 지 모거치 먹고 살 거 다 갖고 나온다고 혔응께 너는 걱정 말어. 이 애는 말여 다 잘 될겨. 존 일 있을겨. 좋은 디로 잘 갈겨. 암만 우리집보다야 존 디로 갈겨.

미혜 …….

순옥 (아기를 안고) 잘 가그라, 이놈의 가시내야. 지지리 복도 많은 가시내야. 잘 가그라잉. 다시는 우리 만나지도 말고 아는 체도 말고 어디 푹 파묻혀서 고로코롬 살자.

미혜 빨리 가요. 가버려.

순옥 그려, 간다, 간당께…….

지원 (서류를 정리한다) 김미순 1988년 3월 13일 생 / 생모 김미혜 16세 / 경위 성폭행으로 인한 임신 / 입양 기관 소망복지관 / …… 미국으로 입양 대기중 /

8. 떠나는 길

먼 길 떠나는 모녀.

미혜   날이 흐리다.

순옥   드럽게도 궁상스런 날씨구먼 그려.

미혜   비가 오려나 봐.

순옥   올 테면 와라. 우린 인자 겁날 거 없응께. 새끼 버리고 떠나는 길
        인디 게서 더 겁나는 일이 있겠냐 워디.

미혜   구름이 잔뜩.

순옥   난 무서운 거 하나도 없다. 구름이고 비고 눈이고 뭐든지 난 무
        서운 거 없응께.

미혜   엄마, 나 이제 어쩌지.

순옥   우리 앞으론 말여, 이 악 물고 절대 호락호락한 사람 아니란 걸
        보여주믄서 살자 잉.

미혜   엄마 난 무서워.

순옥   뭐시가 무서워. 여자가 뭔 죄로다가 요 꼴로 살아야 한단 말여.

미혜   내가 이러구 여기 떠나면, 어디로 가면, 어디든 가면, 거기서 다
        시 잘 살 수 있을까.

순옥   이겨낼겨. 우린 다 이겨낼 수 있응께 니는 에미만 믿고 따라오랑
        게.

미혜   학교에 다시 갈 수 있을까.

순옥 니가 뭘 죄여. 나쁜 놈들은 여적지 활개치고 다니는디 니가 뭔 죄로 핵교도 못 댕긴단 말여. 영 바보 같은 소리 좀 집어쳐.

미혜 애들이 정말 모를까.

순옥 여자는 다 애 낳는겨. 그저 넌 좀 빨리 난 거 뿐잉게 쓸다리 없는 소리 말어.

미혜 이 동네 사는 사람 누군가가 내가 새로 간 곳에 와서는 내 얘기 다 해버리면…… 그럼 어쩌지.

순옥 넌 누구보다도 행복하게 잘 살겨. 시상 경험을 그만큼 빨리 혔응게 인저 진짜로 시상 씩씩허게 헤쳐나감서 잘 살겨.

미혜 엄마, 하늘이 점점 어두워진다. 정말 비가 무섭게 오려나 봐.

순옥 우린 이대로 안 진당게. 비가 오든 암만 폭우가 내려도 우린 떠날거구만. 그리고 증말로 한 번 잘 살아볼팅게.

미혜 엄마, 다들 나한테 뭐라고 해도 엄마는 내 곁에 있지, 그럴 거지?

순옥 징그런 년, 니는 내 딸이여. 내 속으로 내 배 아파가면서 낳아 놓은 내 딸년이여. 워디 가도 이 에미가 너 하나 꼭 지켜줄 팅게 지발 용기를 내여. 이 못난 년.

미혜 엄마하고만 있으면…… 그럼 괜찮을 거야. 난 인제 엄마 안 떨어질 거야. 학교도 안 가고 엄마 가는 데만 그냥 따라다니면서, 엄마, 그러면 아무도 나 어쩌지 못하지. 나한테 어떻게 하지 못하지. 그렇지…….

순옥 그려, 니 맘대로 혀. 내는 니 하나 위해 인생 걸었응게. 너만 좋다믄 그뿐이여. 학교 가기 싫으믄 그만 두고 얼라 마냥 에미 뒤꽁지만 쫄쫄 따라댕길라믄 그럭 혀. 에민 니 좋은게. 그동안도 이 딸년 하나를 지켜주지 못한 죄 많은 에밍게, 앞으론 다신 니 맴 아프게 안 할팅게.

미혜	비가, 끝내 비가 오네. 엄마 우리 어떡해.
순옥	잠깐 지둘리자잉. 비는 그칠겨. 지깟 놈의 비가 안 그치고 배기 겠냐. 비 그치믄 가자잉, 잠깐만 앉았으믄 그칠겨. 그라믄 그때 떠나능겨.
미혜	엄마, 있잖아. 나 엄마한테 할 말이 있는데……. 엄마. 나 이대로는 정말 못 갈 거 같아. 애기 버리고 이렇게는…… 못 갈 거 같아.
순옥	뭣이여. 니가 시방 지 정신이여. 미친년이여.
미혜	엄마 나 진짜 미쳐버렸음 좋겠어. 아무 것도 모르고 아무 생각도 할 수 없게 되면 좋겠어. 그럼 차라리 좋겠어.
순옥	정신차려. 정신 바짝 차려도 살기 어려운 시상이여. 고로코롬 당하고도 정신 못 차렸냐 이 멍청한 것아.
미혜	엄마, 내가 잘못했어. 정말 잘못한 거야. 아기를 낳는 게 아니었는데. 키우지 못할 거라면 낳을 필요도 없었는데.
순옥	안돼여. 넌 다시 학교 가야 혀. 얼라나 키우고 들앉을 수는 없당게. 넌 안즉 학생이여.
미혜	엄마 부탁이야. 아기 버리지 마.
순옥	버리긴 워따 버린다구 그려. 좋은 집에 보내달라고 맡기는 기지 왜 버린다고 그려.
미혜	좋은 집이든 나쁜 집이든 내가 키우는 게, 그게 도린 거 같애. 나 애기 버리고는 못 살 거 같애. 벌써부터 가슴에 커다란 돌덩이가 하나 들어 앉았는데…… 나 숨도 안 쉬어지고 밥도 못 먹을 거 같애. 엄마 제발 부탁이야. 학교도 잘 다닐게. 용기를 내서 앞으로 잘 살게. 엄마 그럴러면 애기를 버리곤 안 돼. 정신차리고 제대로 잘 살게. 엄마 맘 상하지 않게 좋은 딸 될게. 그렇지만 애기를 버리곤 안돼. 엄마, 부탁이야.

순옥   이 웬수 겉은 기, 이기 뭐를 안다고 벌써 에미 노릇을 할려 들어.
       이 못난 기…….

미혜   엄마, 제발, 부탁이야…….

순옥   이 못난 기 에미 노릇을 할려고 그려. 이 시상에 못난 기…….

미혜   엄마……. 죄 없는 애기를 낯선 세상으로 밀어내고 나만 살겠다
       고 도망치는 거 정말, 견딜 수 없어.

9. 선택

현재로 돌아오면
고통으로 일그러진 제인의 얼굴.
양부모의 목소리 멀리서 들려온다.

제인   엄마…….

남자의 소리   (다정하게) 이리 온, 우리 아가…….

제인   엄마, 나…… 나…… 사실은…… 너무…… 너무 힘들었어.

여자의 소리   널 증오한다. 난 널 증오해.

제인   지금까지 내가 버틸 수 있었던 건…… 실은, 엄마에 대한 분노,
바로 그거였어.

남자의 소리   널 사랑한다, 애야…… 넌 내 사랑하는 보물이야…….

제인   아주 어릴 때부터…… 난…….

여자의 소리   넌 더러운 몸뚱일 가졌어. 난 아길 원했는데 넌 아기가 아
니야. 네 몸엔 버림받은 탕녀의 추악한 피가 흐르고 있어.

제인   양아버지…….

남자의 소리   자 내게 키스해라. 어서, 착하지.

제인   그 사람은 늘 어린 날 안고 잤는데, 난 그놈의 털북숭이 커다란
몸뚱이가 너무 끔찍했어.

여자의 소리   난 다 알고 있어, 니가 내 남편의 품 안에서 무슨 요사를 떨
고 있는지 다 알고 있어.

제인 엄마도 나도…… 정말 우린, 왜 이렇게 됐지…….

남자의 소리 난 널 사랑해. 아무도 내게서 널 빼앗지 못해. 절대 그럴 수 없어.

제인 우린 왜 이렇게 살아야 하는 거야…….

여자의 소리 난 널 경멸해. 네 부모가 널 버릴 때부터 넌 그런 운명을 타고 난 거야. 세상의 온갖 조롱을 받으며 멸시 당하도록 말이야.

제인 난 경찰서에 그 사람을 신고하러 몇 번씩이나 갔지만, 끌려가는 건 언제나 나였어.

남자의 소리 넌 이제 성숙한 여자가 됐구나. 다 컸어. 아, 넌 정말 아름다운 몸을 가졌구나.

제인 그는 명사였고, 난 한국 땅에서 버림받은 불쌍한 고아고, 자비로운 아버지의 가련한 양녀에 불과했어.

여자의 소리 난 죽을 때까지 널 미워할 거야. 내가 살면서 한 가장 어리석은 짓은 널 이 집안에 들여놓았다는 거, 바로 그거야.

제인 그가 경찰에게 끌려가는 대신 내가 청소년 보호시설에 끌려갔어.

남자의 소리 자 이걸 한 번 입어 봐. 아 넌 정말 아름다워. 눈부셔. 오 세상에, 네가 아니었다면 내가 어떻게 살 수 있었겠니…….

제인 보호시설에서 나오기 위해서 난, 내가 거짓말을 했다고 오히려 거짓 자백을 해야 했어.

여자의 소리 내 집에서 나가. 니 엄마, 널 낳은 저주받을 여자가 있는 곳으로 가 버려. 다신 돌아오지 말고 내 눈 앞에서 사라져.

제인 기숙사에 있기를 원했지만 그는 날 놓아주지 않았어.

남자의 소리 날 혼자 두지 말아라, 제인. 난 너 없인 절대로 살 수가 없어.

제인 난 집에서 가장 가까운 거리의 학교를 가야 했고, 단 한 번도 밖에서 자는 게 허락되지 않았어.

남자의 소리 저 여잔 곧 죽을 거다. 개의치 마라.

제인 난 엄격한 집안에서 훌륭한 교육을 받은 숙녀로 포장됐고 그는
선량한 양아버지로 칭송을 받았지.

여자의 소리 아아, 날 죽여 줘……. 날 그만 괴롭혀…….

제인 그렇지만 엄마, 괜찮아, 다 괜찮아요. 이젠 독립했어.

남자의 소리 우린 다른 곳으로 가서 새 삶을 시작하자.

제인 엄마와 함께, 여기 이 저주받은 땅에 남겠어.

남자의 소리 새로운 인생을 사는 거야.

제인 난 돌아가지 않아요. 엄마가 있는 이 더러운 땅에, 우릴 사정없
이 사지로 내몬 이 악독한 땅에, 남겠어. 외면하지도 돌아서지도
않고, 이놈의 사악한 땅을 똑바로 보겠어. 절대로 달아나지 않
고, 맞서겠다구…….

지원이 제인을 보고 있다.

제인 고통스럽게 구부러진 나무가 좋은 소리를 내는 바이올린이 된다
구, 그렇게 말씀하신 적 있죠?

지원 그래.

제인 그럴지도 모른단 생각이 들어요. 아름다운 소리까지는 몰라도
비틀린 나무도 바이올린이 될 수 있다면 그것만으로도 족하단
생각이 들었어요. 그동안 감사했습니다. 엄마가 저를 알아보시
면 연락드릴게요. 관장님, 그럴 날 오겠죠.

지원, 고개를 끄덕인다.
제인이 지원에게 인사하고 나가려는 차에 김목사가 들어선다.

목례하고 나가는 제인을 유심히 돌아본다.

지원   목사님. 곧 수잔한테서 전화가 올 거예요. 3시쯤 전화 통화를 하
      기로 했거든요.
김목사 …….
지원   목사님 뜻을 존중하겠어요.
김목사 실은 그것 때문에…….
지원   (긴장하고)
김목사 많이 생각했습니다. 그리고 내린 결정이예요. 전…….

이 때, 전화벨이 울린다.

지원   …… 수잔이에요. 정각 세 시네요.

전화벨이 계속 울리는 가운데 두 사람의 긴장된 표정 사이로 서서
히 암전.

(2000)

우리들의 광기를 멈추게 하라

등장인물

사도세자, 영조
혜경궁, 선희궁, 빙애, 화완옹주
신하들, 내관들, 여자들

조선시대의 궁중 의상이 아닌
단조로운 디자인의 의상을 입고 있다
절제되면서도 아방가르드한 분위기의 의상을 통해
이야기가 시공을 초월한 보편성을 갖도록 한다

무대

황량한 벌판 같기도 하고 폐가의 분위기도 느껴진다
고풍스러운 낡은 장롱이 한켠에 보일듯 말듯 서 있다

인물들은 겉으로는 이성적이지만 안으로는 억압된 광기를 가지고 있다
극중 인물이면서도 때로 자신을 이해하지 못하고
남 이야기 하듯 한다
한 사람이 두 사람 혹은 여러 사람으로 느껴지기도 한다

무대는 깊은 침묵으로 가라앉아 있다
침묵을 뚫고 힘겹게 나오는 인물들의 대사가
마치 신음소리 같다
바람소리 망치소리 등의 음향이 침묵을 깨뜨리면 흠칫 놀라게 된다

1. 나는 옷이 싫구나

세자, 빙애의 무릎을 베고 누워 있다.

세자   내가 잠이 들었더냐.

빙애   네, 짧은 풋잠이 드셨습니다.

세자   아주 오랫동안 긴 잠을 잔 것 같구나. 오랜만에 푹 잔 기분이다.

빙애   눈을 감고 조금 더 주무세요.

세자   그래, 눈을 뜨는 게 나는 두렵다.

빙애   하지만 눈을 뜨셔야 저를 보실 게 아닙니까.

세자   네가 곁에 있으니 좋구나. 너는 어미처럼 나를 안고 지어미처럼 나를 보듬고 자식처럼 나를 우러르지.

빙애   네. 저하는 나의 아비시고 나의 지아비시고 나의 아들이지요.

세자   나는 너의 아들이고 싶구나. 나는 네 안으로 들어가 다시 태어나면 좋겠구나.

빙애   저하의 세상에 불가능이란 없지요.

세자   나는 아기처럼 무지하고 아기처럼 무욕하며 아기처럼 연약하다.

빙애   아기처럼 사랑스러운 분, 제가 아기처럼 지켜드리지요.

세자   아기처럼 작고 아기처럼 부드럽고…… 그래, 네 품에서 아기처럼 고요히 잠들고 싶다.

빙애   제가 아기처럼 안고 재워드릴까요.

세자   너는 향기롭구나. 어미의 젖내음이 이런 것이드냐. 나는 태어나자마자 어미를 떠나 지냈다. 세자가 무엇이라고 그 어린 것을 넓디 넓은 동궁으로 떼어 보냈드란 말이냐.

빙애 눈을 감고 어미를 느껴보십시오.

세자 그러나 이제는 눈을 감는 것 또한 두렵다.

빙애 저하는 지존이신데 무엇에 그리 쫓기고 불안하십니까.

세자 눈을 감으면 전하의 노기 어린 목소리가 들려온다. 나는 아주 작은 어린아이가 되어 그 목소리에 놀라 어디로든 숨을 곳을 찾지. 그러나 어머니 또한 저 멀리 전하의 옆에 서서 모른 척 딴청만 하고 계시는구나.

빙애 빈궁마마라도 찾아보시지요.

세자 그 사람은 세손의 손을 잡고 전하 옆에 서 있고, 그래, 모두들 큰 소리로 웃고 있다. 내가 없으면 다들 기쁘고 행복해 보인다.

빙애 저는 어디 있습니까?

세자 너? 다시 눈을 감아보자. 네가 어디에 있는지, 네가 안 보이는구나. 너는 어디 있느냐? 너는 어디 숨었느냐?

빙애 잘 찾아보시어요.

세자 저기 멀리 멀리 인원왕후마마가 보이는구나. 옳지, 그 뒤에 앉아 바느질하고 있는 게 바로 너로구나.

빙애 맞습니다. 저하께서 처음 저를 보신 것은 인원왕후전이었지요.

세자 그날 이후 내 오래도록 너를 그리워했다. 고운 수를 놓고 있던 네 가느다란 손가락이 잊히지 않았었다.

빙애 저하의 옷을 만들어 드릴 것입니다.

세자 필요 없다. 나는 옷이 싫구나. 옷을 입으면 숨이 막힌다.

빙애 모름지기 궁중에서는 예법에 맞게 옷을 입는 일이 중요하지요. 전하께서는 일전에도 관자나 대님 하나 가지고도 크게 호통을 치셨지 않습니까.

세자	옷을 제대로 입어야 세자가 된다면 내가 아니라 옷이 세자란 뜻이냐. 그런 세자가 되어 무엇 하겠느냐.
빙애	세자께서는 이 나라의 왕이 되실 귀하신 분, 세상에서 가장 고귀한 옷을 입을 분입니다.
세자	아니다, 나는 아무 것도 입지 않을 것이다. 세상에 올 때 아무 것도 걸치지 않고 맨몸뚱이로 왔으나 그놈의 옷이란 것이 사람을 이렇게 저렇게 옥죄는구나. 세상은 옷과 옷이 만나 이야기를 하고 옷과 옷이 작당을 하고 옷이 옷을 치고 심지어 옷이 옷을 죽이기도 하지.
빙애	전 모르겠습니다. 그게 다 옷을 입은 사람이 하는 일 아닙니까?
세자	그러니 옷을 벗어던지면 어느 몸뚱이가 다른 몸뚱이보다 위에 있는지 아래에 있는지 나누지 못할 것 아니냐.
빙애	저는 그래도 저하를 위해 고운 옷 지어드리고 싶습니다. 거의 다 되었으니 며칠 안으로 입으실 것입니다.
세자	옷타령은 그만 두자. 이놈의 세상 돌아가는 꼴이 나는 우습구나.
내관	전하께서 이곳으로 곧 행차하신다는 전갈입니다.
세자	무어라? 전하께서?
빙애	자, 어서 옷을 입으세요.
세자	너부터 몸을 피하거라. 전하께서는 옷전에서 너를 데려온 걸 모르시니 눈에 띄면 화를 당할 것이다.
빙애	아닙니다. 그보다도 옷을 아니 입으시면 큰 호령이 떨어지실 테니 어서 옷부터 입으세요.

빙애, 옷을 입힌다.
세자, 옷 입기가 어렵다.

빙애 저하, 손을 이리 넣으세요.

세자 이 옷감이 무엇이냐. 미끄러운 게 영 감촉이 싫다. 구렁이가 몸을 휘감는 것 같구나. 이건 못 입겠다. 다른 걸 가져오너라.

빙애 그럼 이걸 입으세요. 자 어서 손을 넣으셔요.

세자 아, 이건 또 왜 이렇게 꺼칠꺼칠하냐. 몸을 밤송이 가시처럼 온통 찔러대는구나.

빙애 이도저도 싫으시면 대체 어쩌시렵니까.

세자 입어야지, 입자. 어서 입혀라. 어서 입어야 전하를 뵈올 것이다.

빙애 자 가만히 서 계세요, 제가 입혀드릴 테니 손을 들고 그냥 가만히 계세요.

세자 아아, 정말 못 하겠다. 간지럽다, 옷감 닿는 곳마다 가려워 미치겠다. 다른 걸 가져와라.

빙애 아이처럼 그러지 마시고 여기 어서 손을 넣으세요.

세자 손이 아니 들어가는 걸 날더러 어쩌란 말이냐.

빙애 손에 그렇게 힘을 주고 뻗치시면 어찌 하십니까. 제게 기대고 손을 이리 주시어요.

세자 자, 어서 소매를 여기 끼워라. 자, 어서 해라.

빙애 또 올리십니다. 저를 피말려 죽이실 작정이십니까. 시간이 없습니다.

세자 이건 안되겠다. 다른 걸 가져와라.

빙애 이제 더는 없습니다.

세자 없어? 네가 지금 눈을 치켜뜨고 나한테 옷이 없다 했느냐? 너 따위가 지금 내게 말대꾸를 하는거냐?

빙애 제발 이러지 마십시오. 전하께서 곧 당도하실 것입니다.

세자 천한 것 주제에 내가 좀 귀여워해 주었기로 이제 내게 훈계를 늘어놓을 셈이냐?

빙애   어서 팔을 드세요. 제발.

세자   치워라, 이까짓 옷이 대수냐? 네가 나를 가르치고 명령하려드는
      게냐? 발칙한 것 같으니. (옷을 찢어 마구 던진다)

빙애   (울면서 쪼그리고 앉아 옷을 치운다)

세자   당장 일어나라. 옷 하나 제대로 입히지 못하는 것이 뭘 잘했다고
      우는게냐?

빙애   저하, 왜 이러십니까. 그새 또 다른 사람이 되십니까?

세자   그래, 나는 미쳤다. 네가 하고 싶은 말이 이것이지. 나는 미쳤다.
      세상을 견디고 설 힘이 없으니 어쩌겠느냐, 미친 척 세상을 외면
      하는 길밖에는 없으니 내 어쩔 것이냐.

      세자, 점점 화가 나서 빙애를 때리기 시작한다.
      빙애가 매를 피해 달아나고 세자는 뒤쫓는 동안 더욱 화가 난다.

빙애   네, 미치셨어요, 저하는 미치셨습니다. 그렇게도 이 말을 듣고
      싶으십니까?

세자   요망한 것, 내 네 속을 모를 줄 아느냐? 나를 빌어 네 욕망을 채
      우려드는 걸 내 다 알고 있다.

빙애   맞습니다. 저도 사람인데 아무 생각이 없겠습니까?

세자   오호라, 이제 실토를 하는구나.

빙애   그렇지 않고서야 저하 같은 분을 누가 가까이 하겠습니까?

세자   네가 시키면 속을 가지고 겉으로는 웃는 낯을 보였단 말이렷다.

빙애   무수리 출신의 최숙원 마마도 숙종대왕의 아들을 낳으셨고 상궁
      출신의 선희궁 마마도 저하를 낳으셨는데 저라고 못할 까닭이
      있습니까?

세자   당장 그 입을 닥치게 할 것이다.

빙애　저도 저하의 아들을 낳은 몸, 언젠가는 저에게도 저 높은 곳에서 떵떵거릴 날이 올 것입니다.

세자　너는 절대 그 날을 보지 못할 것이다. 네가 오늘 내 손에 죽고야 말 것이니. 네 더러운 욕심은 오늘로 사라질 것이다.

빙애　살려주세요, 저하. 잘못했습니다. 살려주세요.

세자　이미 사람 몇을 죽인 터에 몇을 더 죽인들 누가 뭐라 하겠느냐. 나는 미친 놈이니 내 정신으로 하는 일이 아닐 터, 나는 아무 잘못이 없다. 나의 광기가 너를 죽이는 것이니 나를 원망치 말라.

빙애가 세자에게 붙잡혀 심하게 맞고 숨을 거둔다.
영조가 들어오는 기척이 들리자
세자가 빙애를 한쪽 구석으로 밀쳐 감춘다.

영조　너는 차림새가 대체 그게 무슨 꼴이냐? 대낮부터 술이라도 마셨느냐?

세자　아닙니다.

영조　내가 금주령을 내린 지가 오래거늘 대체 누가 네게 술을 주었느냐?

내관　전하, 세자저하께서는 술을 드시지 않았습니다. 전하의 금주령 이후 소주방에는 술이라곤 한 방울도 없습니다.

세자　네 어느 안전이라 감히 끼어드는 게냐?

영조　너야말로 지금 어디서 소리를 지르느냐? 네가 나를 어찌 보고 그따위 버릇없는 언행을 하는 것이냐?

세자　전하께서 제게 술을 마셨다 하시면 마신 것이 옳을 뿐, 어찌 다른 말이 필요하겠습니까.

내관　죽을 죄를 지었습니다.

영조 무엄한 놈, 네가 지금 애비한테 억하심정으로 강짜를 부리는 것이냐?

세자 그럴 리가 있겠습니까. 저는 전하의 미관말직 신하 축에도 끼지 못하는 몸, 어찌 감히 부왕이라 여기고 구구한 말씀을 드리겠습니까.

영조 못난 놈. 저 몸뚱이에는 대체 무엇이 들었단 말이냐. 도무지 책을 읽지 않으니 몸을 닦고 세상을 다스릴 지혜를 어디서 구할꼬. 저런 놈을 보러 온 내가 한심하구나. 돌아가자.

영조, 화가 나서 퇴장하고 내관이 그 뒤를 따른다.

세자, 홀로 허망하다.

잠시 후

세자, 칼을 빼어들고 갑자기 달려나간다.

내관들과 궁인들이 달아나고 넘어지고 이리저리 쫓기는 소리 요란하다.

찢어지는 비명 소리 들린다.

세자, 피가 묻고 흐트러진 옷차림으로 다시 달려나온다.

높이 쳐든 칼에는 내관의 목이 꿰어져 있다.

세자, 광기어린 눈빛으로 객석을 노려본다.

세자, 미친 듯 소리 지르고 높은 소리로 웃어댄다.

그리고는 무너져내린다.

칼에서 내관의 머리가 떨어진다.

2. 다른 세상에서

혜경궁, 매우 지친 표정이다.
무기력한 손길로 장롱을 건성 문지르고 있다.
아버지 홍봉한이 들어온다.

홍봉한 모처럼 해가 비치는데 뜰에라도 나가보시지요.

혜경궁 계속 날이 흐렸지요. 햇빛을 못 봐서 그런지 마음도 더 가라앉는
거 같습니다.

홍봉한 걱정이 끊이지 않으니 마마의 건강이 염려됩니다.

혜경궁 궁중의 하루는 길고도 무겁기가 한이 없습니다.

홍봉한 전하와 세자저하 사이가 원만하시다면 무슨 걱정이 있겠습니까.

혜경궁 두 분 마마가 저마다 바라보시는 곳이 다르니……

홍봉한 전하의 마음은 이미 세자저하를 놓으신 듯합니다.

혜경궁 장차 두 분의 일을 어찌해야 좋을지……

홍봉한 대리저군 하시면서 더 골이 깊어졌습니다.

혜경궁 세자빈으로 간택되었을 때 한편으로는 기쁘면서도 한편으로는
두려웠지요. 아버님께서도 염려가 크셨는데 이리 힘겨운 날들이
있으리라고는…… 세자저하도 저도 아무 근심 걱정 없는 아이들
이었지요. 이 장롱에 예쁜 옷가지들을 가득 넣어 두고 그저 설레
기만 했습니다.

혜경궁, 추억에 잠긴 듯 장롱을 윤나게 문지른다.
낡아서 좀처럼 빛이 나지 않는다.
무대의 다른 쪽에는 영조와 세자가 등장한다.
이후 무대는 영조와 세자, 혜경궁과 홍봉한이 머무는 두 부분으로
혹은 영조, 세자, 혜경궁과 홍봉한의 세 부분으로 나뉜다.
이들은 다른 공간에 있으므로 대화는 서로 들리지 않으나
경우에 따라 뒤엉키기도 한다.

영조   왜 이리 중요한 것을 내게 묻지 않고 네 마음대로 하였느냐, 대리를 하라 하였지 널더러 왕 노릇을 하라 하였느냐?

세자   송구하옵니다. 하오면 전하, 어제 여쭈었던 상소건은 어찌해야 하겠습니까?

영조   이런 쯧쯧, 그런 사소한 것도 알아서 결정을 내리지 못한단 말이냐? 그렇게 생각이 부족해서야 장차 어찌 왕 노릇을 할 수 있단 말이냐?

세자   전하의 뜻은 도대체 어디에 있습니까? 제게 명확한 길을 알려주소서.

혜경궁   그만큼 오래 대리를 하셨으면 아바마마의 뜻을 아실만도 하련마는, 참으로 딱하십니다.

홍봉한   전하의 마음 또한 도무지 모를 일입니다. 화완옹주는 그토록 자애로 대하시면서도 세자에게는 저리 하시니……

영조   올 여름 가뭄이 심하다. 이는 네가 덕을 쌓기에 게을리 했기 때문이다.

세자   소자가 불민한 죄입니다.

영조　당장 물러가라. 내 너를 보면 속에서 불덩이가 끓어오른다. 나는 숱한 위기를 넘기고 여기까지 왔다. 너는 어찌하여 그토록 나태한 것이냐.

세자　나는 다만 홀로 아득하다. 내 앞길에는 천길 낭떠러지만이 있을 뿐 한 발자국 더 나아갈 곳이 없구나. 이 땅의 가뭄도 내 탓이요 홍수도 내 탓이니 내가 죽어야 이 땅에는 화평의 날이 올 것이다. 나에게는 아무 것도 남아 있지 않구나.

세자가 엎드려 머리를 땅에 찧으며 석고대죄한다.
영조는 못 본 척하며 퇴장한다.

홍봉한　세자저하께서 눈밭에서 석고대죄하신 지가 여러 날입니다.
혜경궁　전하께서는 냉정하기가 저 눈밭보다 더하십니다.

세자　전하, 눈이 쌓여 아바마마의 발걸음이 모두 가려졌습니다. 저는 방향을 모르겠으니 어리석은 저를 인도하여 주소서.

혜경궁　전하께 세자저하의 석고를 알리셨습니까?
홍봉한　아뢴들 무엇하며 아뢰지 않은들 모르시겠습니까.
혜경궁　눈 속에 계셔도 아뢰는 신하가 없고 땡볕에서 쓰러질 지경이 되어도 아뢰는 신하가 없으니 두 분 사이가 참으로 멀기만 합니다.
홍봉한　저희들은 신하된 도리로써 전하께 충성하는 것이 우선이니 달리 방도가 있겠습니까. 전하의 뜻이 세상의 단 하나의 길이니 그 길을 따를 밖에요. 세상에 해가 둘일 수는 없는 법, 아무리 지아비가 중하다 한들 전하야말로 유일한 지존이십니다.

혜경궁 구중궁궐에 믿을 사람이라곤 아버님뿐입니다.

홍봉한 하루하루가 살얼음판이니 애비 또한 걱정입니다.

혜경궁 아버님께서 저 때문에 애만 쓰시고 면목이 없습니다. 저하의 약
        문제며 옷 문제며 모든 걸 아버님께서 도와주시니 제가 세자빈
        이 된 것이 가문에 오히려 해가 된 듯합니다.

홍봉한 마마께서 여항의 아녀자와 같은 행복을 누리지 못하시니 그것이
        염려됩니다. 허나 이미 평범한 아녀자의 길은 벗어난 지 오래,
        마마께서는 세상의 어느 남정네보다도 더 중한 자리에 계십니
        다.

세자   백성들은 착하고 선량하나 신하들은 간사하고 저마다 사욕으로
        가득하구나. 흔들리는 제 마음 하나를 주체하지 못하는 연약하
        고 변덕스러운 부자가 그들 위에 있으니 가뭄과 흉년의 재앙이
        가히 마땅하구나.

홍봉한 세자의 마음 속에 위험한 생각이 있는 듯하여 걱정입니다. 마마
        께서도 마음을 단단히 하시고 준비를 해야 할 것입니다.

혜경궁 세손이 총기가 있고 효성스러우니 전하께서 아끼시고 기대도 많
        이 하십니다.

홍봉한 마마께서도 세손을 깊이 의지하소서. 만에 하나 중전이 못 되신
        다 한들 그보다 더 큰 대비 자리가 마마 앞에 기다리고 있습니
        다.

혜경궁 어찌 그런 위험한 말씀을……

홍봉한 가문의 광영이 마마를 통해 올 터이니 힘들어도 견디셔야 합니
        다. 이미 한치 앞을 내다보지 못하는 누란지세입니다. 담대한 마
        음으로 위기를 견뎌내셔야 합니다.

혜경궁 남편을 버리고 아들을 택하라 말씀이십니까?

홍봉한 전하께서 그리 택하시면 따를 밖에요. 중전의 길은 이미 멀어진 듯 하니 대비전을 바라보셔야 합니다. 여기까지 힘겹게 오셨으니 최후의 권력은 마마의 것이 되어야 합니다. 그것이 우리 모두가 살 길입니다.

혜경궁 고통에 빠져 죽어가는 지아비 앞에서 당치 않은 말씀입니다.

홍봉한 모든 어려움이 사라질 날이 곧 올 것입니다. 이후로는 세손과 함께 길이길이 복록을 누리십시오. 애비는 마마의 만수무강과 세손의 영광을 바랄 따름입니다.

3. 나는 왕이다

목소리 백성들은 도탄에 빠져있고
권좌를 강탈한 임금의 밑에는 간신배들만 판을 치고 있다.
무너진 정의를 바로 세우는 것이 유생의 도리.

영조가 나주벽서사건의 주모자들에 대한 친국을 하고 있다.
세자는 영조를 시좌하고 있으나 끔찍한 형장에서 벗어나고만 싶다.
영조는 보이지 않는 역모자들에 대해 광기를 보이고
세자는 그런 아버지를 두려움에 가득 차 바라보며 괴로워한다.
세자의 대사는 마음 속의 소리일 뿐 영조에게는 들리지 않는다.
영조는 점점 고성으로 흥분해가고
세자는 점점 차분하게 가라앉는다.
이들은 점점 멀어진다.

신하 전하, 나주벽서 사건과 연루된 자들을 모두 잡아들였습니다.
영조 저 역적놈들을 내 친국할 것이다. 세자는 내 옆에 와서 저들의
얼굴을 보아라. 저 무엄한 놈들을 애비가 어찌 벌하는가 두 눈을
똑똑히 뜨고 잘 보아라.
세자 이것이 바로 그 위대한 제왕의 길이렷다……
영조 저놈에게 압슬을 하라, 저놈의 주리를 틀어라. 저놈의 온몸을 인
두로 지져라.

세자　내 몸이 불에 타고 내 몸이 바윗덩어리에 짓이겨진다. 내 몸의 뼈가 바스라지고 살이 찢어진다. 내 피가 흘러 땅을 물들이는구나.

영조　저놈이 나를 노려보는구나. 저 사악한 눈알을 당장 빼버려라. 그리고 능지처참한 다음 그 찢어진 사지를 온나라의 각지로 나누어 돌려 차후 경계로 삼도록 하라.

세자　살이 타는 냄새가 궁에 가득하고 피비린내가 세상을 뒤덮었다. 저 빠진 눈알이 나를 바라보는구나. 계속해라, 계속해. 이참에 아예 지옥 끝까지 한번 가볼 일이구나.

영조　저놈의 삼대조까지 거슬러 올라가 아직 살아 있는 자는 죽이고 이미 죽은 자는 묘를 파헤쳐 목을 베어라. 그리고 그대로 버려두어 짐승의 먹이가 되게 하라.

세자　사람이 짐승으로 떨어지는 이 순간, 사람이 짐승을 먹고 짐승이 사람을 먹을 것이니 결국 모두 다 하나가 될 오묘한 세상이로구나.

영조　자, 어떠하냐? 애비가 저 악한 놈들을 다루는 법이 과연 어떠하냐?

세자　하늘이 온통 붉은 빛이다. 죄악에 죄악이 덧붙여지니 어찌 이를 감당할 것이냐.

영조　아직도 분이 풀리지 않는구나. 어리석은 놈들이 나를 모함하였다. 내가 숙종대왕의 아들이 아니라 한다. 이는 나의 어머니를 경멸하는 언행이로다. 무수리의 자식이라고 나를 능멸하는 것이렷다. 저놈들을 지옥 끝까지 쫓아가서 열 번 백 번이라도 다시 죽이고야 말 것이다.

세자　여기가 지옥, 이보다 더한 지옥이 달리 어디 있으리.

영조　내가 경종대왕을 독살했다 한다. 저 무도한 놈들의 최후가 어떻

게 되는지를 만천하에 널리 알려 다시는 이런 자가 없게 할 것이
다. 자, 이놈들과 같은 생각을 하는 자들은 당장 나서라. 단칼에
목을 베어 주리라.

세자　뜨겁다 너무 뜨거워……. 하늘에서 노란색 회오리바람이 불어온
　　　다.

영조　나는 왕이다. 나는 이 나라 삼백 년 종사를 잇고 있는 조선의 왕
　　　이다. 나의 자손이 대를 이어 이 나라 지존의 왕으로 종사를 보
　　　존할 것이다. 이놈들아, 나를 보아라, 나는 이 나라 조선의 왕이
　　　다.

세자, 어지러운 듯 쓰러진다, 겨우 일어나 홍봉한에게 편지를 쓴다.

세자　벽서 한 장으로 벌써 7개월째, 수백 명이 죽어나갔습니다. 내가
　　　원래 울화증세가 있는데다 열은 점점 높아지고 울증이 극도에
　　　달해 답답하기가 미칠 듯합니다. 장인이 남들 모르게 약을 지어
　　　보내주시기 바랍니다. 그러나…… 이 세상에는 저의 병을 다스
　　　릴 약은 아마도 없는 듯합니다.

영조　역사상 어느 왕이 다른 누구와 권력을 나누었느냐. 어느 왕이 세
　　　자와 권력을 나누겠느냐.

세자　전하, 저를 의심하십니까.

영조　부자도 형제도 권력 앞에선, 터럭같이 가벼운 것.

세자　저는 무죄하오니 저를 물리치지 마소서. 저는 다만 전하의 아들
　　　이고저 합니다.

영조　아들이 종국에는 왕이 되는 법.

세자　어찌 그런 말씀을 하십니까.

영조   그러나 그것은 멀고 먼 미래의 일, 오늘의 왕은 언제나 오직 한
       사람이다.

신하   지당하신 말씀입니다.

영조   듣기 싫소. 신하들이 부자간에 모함을 넣어 편을 갈라 놓았소.

세자   이제 더 이상은 견딜 수가 없다. 이렇게 전하와 함께 있다간 내
       가 숨이 막혀 죽을 것만 같다.

영조   아비당과 아들당으로 나누어놓고 부자간의 정리를 더욱 멀어지
       게 하였으니 이 나라의 대신이라 하는 자들은 일신의 욕심만을
       도모하는 사악한 자들이다. 나는 오늘로 왕위에서 완전히 물러
       날 것이다

신하   전하, 명을 거두어 주소서. 전하의 나라입니다. 저희들의 불충을
       용서하시고 전하의 백성을 긍휼히 여기어 주소서.

       영조는 마침내 떼를 쓰고 심술 부리듯 양위를 선언하고
       세자는 그런 아버지가 버겁기만 하다.
       등을 돌리고 앉은 부자가 각기 생각에 잠긴다.

세자   참으로 맑은 바람이구나.

영조   나는 왕 위에서 물러날 것이다.

세자   맑은 바람에 실려 날아가 버리고 싶다.

영조   지치고 피로하다.

세자   저 바람이 내 안으로 가득 들어와 나를 저 멀리 아주 멀리 날아
       가게 하면 좋겠구나.

영조   나는 오래 오래 이 자리에 머물 것이다.

세자   이곳을 떠나야만 내가 살 일, 더는 여기 머물 수가 없구나.

영조   왕위를 아무에게도 물려주지 않을 것이다.

세자 무거운 몸을 벗고 바람이 되어 날아가는 날이 곧 올 것이다.

영조 형님을 죽였다는 손가락질을 받으며 자리에 올라 오늘에 이르렀
     다. 그 치욕을 이제는 벗고 싶다.

세자 나는 작은 풀씨들과 꽃가루들과 멀리 날아갈 것이다.

영조 내가 아직 정정하다, 이놈 네게 이 자리를 그리 쉽게 내줄 성 싶
     더냐.

세자 인간세상이 아닌 곳으로 가서 바위틈에 한 송이 들꽃으로 피어
     날 것이다.

영조 아아, 진정으로 이만 이 자리에서 물러나 쉬고 싶구나.

세자 물가에서 초동의 피리소리를 들으며 누구의 눈에도 띄지 않고
     순간이라도 평화를 누리다가 조용히 시들어 흙이 되고 싶구나.

영조 세간의 모든 의심의 눈초리를 다 이겨내고 오늘에 이른 나다. 내
     이 자리를 영원히 지킬 것이다.

세자 부디 세세토록 만수무강하소서.

영조 넓고 넓은 궁궐에 몸을 부렸으나 마음은 오막살이처럼 비좁고
     궁색하구나.

영조, 오락가락하는 복잡한 마음을 다스리지 못한 채 급한 걸음으로
퇴장하고
세자는 허위허위 영조의 뒤를 따라 나간다.
두 사람의 모습이 흡사 한 사람 같다.

4. 어머니, 그리운 어머니

달빛이 밝은 밤.
아름답기도 하고 서글프기도 한 분위기.
사도세자와 어머니의 마지막 인사가 오가는 단정한 자리.

세자 달이 유난히도 밝아서 문득 어머니 생각이 났습니다.

선희궁 얼굴이 이토록 수척하고 몸이 야위었으니 대체 어쩌려고 이리
        하십니까.

세자 오늘밤은 그저 여항의 어머니이고 아들이고 싶어 왔습니다. 제
      마지막 부탁이니 그리 해주세요.

선희궁 마지막이라니요. 가까이 있어도 늘 멀리 있고, 보고 싶어도 항상
        그리운 마음을 접으며 그렇게 살아온 평생이었습니다.

세자 정성왕후 마마를 어머니로 알고 살아왔지요.

선희궁 이제 승하하시고 나니 빈 자리가 여간 크지가 않습니다.

세자 그렇게 좋은 분을 평생 돌아보지도 않으신 아바마마십니다.

선희궁 첫날밤에 중전마마의 고운 손을 보자 고된 일로 거칠어진 어머
        니의 손이 생각나 마음이 울컥 하였다 하더이다.

세자 그렇다고 임종하시는 순간까지도 매정하게 대하시다니요.

선희궁 전하의 그 속이야 제가 잘 알지요. 그 깊은 상처와 외로움이야
        천한 제가 가장 잘 알지요.

세자 제왕의 자리에 올랐어도 태생이란 것을 극복하지 못하고 그에

얽매어 사시니 참으로 안타깝습니다. 천생이되 왕위에까지 오르
셨으니 오히려 더 장한 일이 아닙니까.

선희궁 저는 어렴풋이 알 것 같습니다. 저 또한 여섯 살에 궁녀로 들어
와 삼십이 넘어서야 승은을 입고 여기까지 왔지만 아직도 이 자
리가 편치 않고 모든 게 두렵기만 합니다.

세자 그래서 어머니께서는 저를 정성왕후마마께 보내셨습니까. 어린
것을 냉정하게도 떼어 놓으셨습니다.

선희궁 그렇게 하는 것이 저희 모자가 살 길이었습니다. 후궁의 몸에서
태어난 자식은 언제 어떻게 될지 모르는 것이 궁궐의 법도입니
다. 중전마마야말로 가장 안전한 어머니가 되어주실 수 있지요.

세자 어머니가 그리워 날마다 마음이 울적하였습니다. 궁인들과 지내
는 어린시절이 몹시도 외로웠습니다.

선희궁 전하께서도 강보에 싸인 아기시절부터 인원왕후마마께 보내져
서 그리 지내셨습니다. 저 또한 시어머님이신 숙빈마마의 길을
따를 밖에요. 천한 어미를 둔 죄라 여기세요.

세자 난초와 들풀이 어디서 나고 자라든 그 향기는 변함이 없는 법입
니다. 하늘이 이 땅에 인간을 보내실 때 모두 한결같은 마음으로
내셨을 겁니다. 왕후장상의 몸을 빌어 나온 사람이나 천한 무수
리의 몸에서 나온 사람이나 모두 이 땅에서 한가지로 숨 쉬고 더
불어 살라 보내었을 것입니다.

선희궁 어찌 귀하신 분과 미천한 자를 같다 하겠습니까. 그것은 아무도
거역할 수 없는 하늘이 정한 이치입니다.

세자 그런 세상이 와야 합니다. 그래야 서로 헐뜯고 죽고 죽이는 무의
미한 일이 끝이 날 겁니다. 날마다 그런 세상을 꿈꾸었는데 더는
아무 힘이 없습니다.

선희궁 앞날이 창창하니 무엇이든 뜻을 이룰 날이 있을 테지요.

세자　허황된 꿈이었어요. 아비 한 사람과도 마음을 합하지 못하고 불화 끝에 죽을 운명을 앞에 둔 제가 무슨 꿈을 꿀 수 있겠습니까.

선희궁　여항의 아비가 아니시니 세자에게 얼마나 기대가 크시겠습니까.

세자　제 자리가 아닌 듯합니다. 모든 게 무섭습니다.

선희궁　다음 세상에서 다시 만나면 온종일 밭에 나가 일하고 해 지면 거친 밥 한 술 먹고 잠들고, 그렇게 안분지족하며 살아 보십시다.

세자　한 사람의 아비가 제겐 세상보다 더 큽니다. 막막한 절벽이 앞을 가로막고 있습니다. 조금도 앞이 보이지 않는 길에 홀로 서있습니다.

선희궁　산다는 건 그저 외로운 법이지요. 전하 또한 그러하실 것입니다.

세자　전하께서는 어린 중전을 맞이하여 새 세상을 만나셨으니 외로울 틈이 있으시겠습니까. 눈이 더 어두워지실까 걱정입니다.

선희궁　그런 불경한 말은 마세요. 상감마마는 처녀혼 하는 것이 법도이니 어쩌겠습니까.

세자　66세에 15세 중전이라니, 노추입니다. 중전이 저보다도 열 살이나 어리지 않습니까.

선희궁　왕은 자고로 무치라 하였습니다.

세자　어미 자리에 앉아 저를 바라보는 어린 중전에게 오래비 같은 마음이 들어 마음이 차마 안쓰럽더이다.

선희궁　큰일날 소리 좀 그만 두세요.

세자　어린 중전이 노인에게서 무엇을 얻겠습니까. 정순왕후를 앞세워 김씨 집안이 얼마나 권력을 탐하고 어디까지 전하를 밀어붙여 원하는 것들을 얻을지, 추악한 냄새가 가까이 왔습니다. 저들은 세자인 저를 없애고 세손마저 없애고 자기들의 나라를 세우고자 할 것입니다. 중전이 그 가문의 앞잡이 노릇을 할테지요.

선희궁　간택일에 뉘 집 딸인지 알려고 규수들에게 자기 아버지 이름을 새긴 방석에 앉으라 명하였으나 새 중전만이 끝내 앉지 않았다 합니다.

세자   아버지를 깔고 앉을 수는 없다? 왕비가 되지 못하는 한이 있어도 효녀를 택하겠다, 이런 뜻이지요.

선희궁   전하께서는 그 효심을 어여삐 보셨다 합니다

세자   효가 충에 앞서는 것이 좋은 일은 아닐 것입니다. 중전은 당연히 나라를 그 무엇보다 앞에 두어야 할 터, 이미 잘못된 일입니다.

선희궁   비록 춘추 미령하시나 한 나라의 중전 자리에 앉으시는 것이 운명이라면 그에 합당한 인품과 자질을 갖추셨겠지요.

세자   어머니, 그 선량하신 마음이 복을 받으시기 바랍니다.

선희궁   복은 이미 충분히 받았지요. 천한 것이 이만큼의 복록을 누렸으니 죽은들 무슨 여한이 있겠습니까.

세자   어머니, 저는 곧 먼 길을 떠날 것 같습니다. 저의 업보를 갚을 시간이 다가오고 있는 게 느껴집니다.

선희궁   그게 무슨……

세자   오래 견디어 왔습니다. 이제 더는 살지 못할 것입니다.

선희궁   그 무슨…… 끔찍한……

세자   어머니, 부디 만수무강하십시오. 제 앞에 오직 한 가지 길이 놓인 것을 알 수가 있습니다. 흉흉한 소문도 들었습니다. 이 밤이 지나면 다시는 어머니 뵙지 못할 것이기에 인사드리러 온 것입니다.

세자, 어머니에게 예의를 다하여 절하고
선희궁, 차마 어쩌지 못한다.
세자, 일어나지 못하고 오래 엎드려 있다.
엎드린 세자의 등이 깊이 설움에 겹다.

선희궁 참담한 일. 참으로 나의 힘으로는 어찌 할 수 없는 일. 하늘이시여, 저에게 아들을 구하고 전하를 구하고 나라를 구할 지혜를 내려주소서.

어두워진다.

5. 마지막 밤

잠시 후

어둠 속에서

무대 한쪽에 자욱한 연기가 피어오른다.

희미한 불빛이 보인다.

풍악을 울리는 소리와 여자들의 높은 웃음소리 들린다.

한 손에는 술병을 한 손에는 칼을 든 세자의 휘청거리는 발걸음이

그쪽을 향한다.

여승 가선, 동생 화완옹주, 기생들과의 한바탕 주연이 벌어진다.

왕실에 전혀 어울리지 않을 만큼 미친 듯이 방탕하게 노는 자리다.

흥청망청하나 그 안에 최후의 자리임을 암시하는

불길한 느낌과 불안과 공포의 분위기가 서려 있다.

여자들과 어울려 광포하게 노는 세자의 모습이 보일 듯 말 듯하다.

여자들과 쫓고 쫓기며

여자를 안고 희롱하다가 때리기도 하고 위협적으로 칼을 휘두르기

도 하며

술에 취한 고성이 오가고 불현듯 다같이 춤을 추기도 하는

광란의 밤이다.

그 가운데 흐릿하게 보이는 세자와 여동생 화완옹주 분위기가 심

상치 않다.

옹주 죽고 싶습니다.

세자 어둠이 우리의 죄를 덮어줄 것이다.

옹주 날이 밝으면 그땐 어찌 합니까.

세자 모르겠다. 앞 일은 아무 것도 모른다.

옹주 오라버니, 저를 죽여주세요.

세자 너는 그럴 거 없다. 내가 곧 죽을 것이다.

옹주 저도 같이 죽을 것입니다. 어찌 밝은 세상을 보겠습니까.

세자 내 마음이 너무도 울적하였다.

옹주 정녕 어찌 하면 좋습니까.

세자 내 마음이 갈피를 잡지 못하였다.

옹주 하늘이 두렵지도 않으십니까.

세자 내 마음에 물어라. 나도 모르는 내 마음에 죄를 물어라. 나는 모르는 일이다.

옹주 잘도 피하십니다. 참으로 편하십니다.

세자 이 세상에서 저지른 내 모든 허물, 나도 어찌 할 바 모르니 날더러 어쩌란 말이냐.

옹주 그 칼로 저를 베어주세요. 저 또한 죄인이니 이 자리에서 죽어 그 죄를 갚겠습니다.

세자 아서라. 인명은 재천, 너는 아직 살 날이 남아 있다. 너는 무죄하다. 모든 것이 내 탓이다.

옹주 맞습니다. 그 말씀이 모두 옳습니다.

세자 내가 다 지고 갈 것이다.

옹주 그렇게 하세요. 이제 저는 악착같이 살겠습니다.

세자 잊어라. 내가 사라지면 다 잊혀질 것이다.

옹주 나는 살아남아 오라버니의 아들을 제 아들로 삼고, 오라버니를 보듯 세손을 보며 오욕의 세월을 버티겠습니다.

세자   모두들 나를 버리고 내 아들만 바라보는구나. 세자 없는 세손이
어디서 났단 말이냐. 원한다면 너도 그리 하여라. 저마다 자기
살 길만 찾으니 나만 물러나면 그뿐. 다들 잘 있거라.

내일이면 세상은 끝이 나고 죽음의 길을 떠나야 하는 마지막 날처
럼
모두들 미친 듯 먹고 마시고
소리치고 악다구니 쓰고
뒤엉겨 무너지다가 마침내 여기저기 흉한 모습으로 널부러진다.
그렇게 어지러운 밤이 끝이 난다.

음악이 가라앉고 어두워지는 가운데
세자가 겨우 일어나
홀로 먼 길 떠나듯 외로운 모습으로 퇴장한다.
마지막 주연의 자리가 어둠 속에 묻힌다.

6. 죽어야 살리라

혜경궁이 등장.
무대 중앙의 바닥을 향해 말을 한다.
세자는 목소리만 들린다.

세자　(목소리) 모르겠다. 도무지 모르겠다. 오늘이 몇 날 몇 일이드냐, 여기가 어디인고, 나는 또 누구인가, 세상 천지 넓다한들 그 어디에 내 한 몸 갈 곳이 있으랴······

혜경궁　해가 중천에 떴습니다. 여태 기침 전이십니까?

세자　(목소리) 신체발부(身體髮膚)는 수지부모(受之父母)라
　　　불감훼상(不敢毁傷)이 효지시야(孝之始也)오.
　　　입신행도(立身行道)하야 양명어후세(揚名於後世)하여
　　　이현부모(以顯父母)가 효지종야(孝之終也)니라.

혜경궁　또 거기 들어가 계십니다.

세자　(목소리) 어둡다, 여기는 어둡다, 하늘도 별도 보이지 않아.

혜경궁　여기도 별은 없습니다. 지금은 대낮입니다. 햇살만 뜨겁습니다.

세자　(목소리) 고요하고 평화롭구나. 아버지의 목소리도 들리지 않고 자네 목소리도 들리지 않고 장인의 목소리도 들리지 않고, 여기는 다만 고요 정적뿐이로구나.

혜경궁　그곳에선 편하십니까.

세자　(목소리) 여기선 비로소 숨이 쉬어지네.

혜경궁 그러시면 잠시라도 계세요. 아무도 방해하지 않는 곳에서 마음을 가라앉히세요.

세자 (목소리) 땅을 깊이 파고 관을 만들어 두었지. 명정을 세우고 영침[2]을 만들고 그 위에 누워 있으면 잠이 잘 온다네. 바깥에서 그토록 잠 못 들어 뒤척이다가도 여기 와 누우면 참으로 편안해.

혜경궁 하오나 아바마마께서 아시면 또 역정을 내실 것입니다. 선희궁 마마께서는 와 보시고는 너무나 놀라 하염없이 눈물을 흘리셨습니다.

세자 (목소리) 어둠 속에서 맡는 흙냄새가 참으로 좋으이. 그 옛날 내가 태어나기 전에 머물던 그곳처럼 아주 포근하다네. 나는 여기서 내내 있으면 좋겠어. 어차피 곧 흙 속에 묻혀 이 세상과 하나가 될 몸이니 미리 익숙해지는 것도 나쁘지 않을게야.

혜경궁 어찌 그런 송구한 말씀을……

세자 (목소리) 흙에서 온 세상 만물은 다시 흙으로 돌아가는 것이 생과 사의 이치, 영겁의 길고 긴 세월에서 단지 몇 년 먼저 가고 나중 가는 것이 무슨 차이가 있으리.

혜경궁 그만 나오시지요. 전하께서 이리로 오고 계시다는 전갈입니다.

바닥에서 관 모양의 나무 상자가 올라온다.
세자가 관 뚜껑 같은 문짝을 위로 들어 올리고 느릿느릿 기어 나온다.
무명 옷차림의 흐트러진 매무새다.
햇살이 몹시 눈부신 듯 얼굴을 돌린다.

---

2) 상을 치를 때 대렴한 뒤 송장을 놓아두는 곳.

혜경궁 해가 중천에 오른 지 오래입니다. 어서 의복을 정갈하게 하세요. 서두르셔야 합니다.

세자 아니, 서두를 것 없소. 오늘은 이대로 아버님을 뵈어야겠소.

혜경궁 무슨 경을 치시려구요.

세자 모든 게 부질없어. 이리 하면 저리 하라 하시고 저리 하면 이리 하라 하시니 아무렇게 하든 무슨 상관이 있겠소. 어차피 모든 것을 미워하시니 나는 더 이상 버틸 힘이 없소. 내가 죽어야 끝날 일이지……

혜경궁 그럴수록 힘을 내셔야지요. 전하께서도 마음을 돌리실 날이 있을 겁니다.

세자 세손이 가례도 하였으니 더 이상 무얼 바라겠소. 아바마마께서는 세손을 흡족해 하시고 자네를 어여삐 여기시니 나만 사라지면 만사형통, 나는 진작에 마음을 모두 비워두었소. 나를 폐하고 세손에게 왕위를 물려주면 될 일, 나는 그만 허허로운 길을 떠날 것이오.

혜경궁 제발 그런 나약한 말씀은 하지 마세요. 토굴을 파고 어둠 속에 누워 계시니 헛된 생각만 더하십니다. 어서 의관을 차비하세요. 곧 당도하실 것입니다.

갑자기 수없이 많은 까치들이 떼지어 몰려와 우는 소리가 괴기스럽게 들려온다.
세자, 한참을 바라본다.

세자 저것들이 나를 부르는구나. 내 갈 길을 저것들이 인도할 것이야.

혜경궁 까치가 울면 반가운 손님이 온다지 않습니까. 좋은 소식이라도 들려올 모양이지요.

세자 좋은 소식이라…… 하기야 이곳을 떠나 아버님 아니 계신 저 세
     상으로 가게 되었으니 내게 그보다 좋은 소식이 더 있겠는가.

혜경궁 말씀이 과하십니다.

세자 자네가 없는 곳으로, 아무도 없는 곳으로, 나는 멀리 갈 것이야.

혜경궁 그토록 마음이 허하십니까……

세자 마음뿐이겠는가, 몸도 터럭같이 가벼워. 당장이라도 저 하늘로
     날아가 버릴 듯 가볍다네. 인생사 한낱 먼지와 같은 것. 너무 오
     래 매어 있었어. 그저 털어버리면 그뿐인 것을.

혜경궁 갑자기 왜 이리 몸을 떠십니까.

세자 춥다, 추워. 너무나 춥구나. 온몸이 떨려 몸을 가눌 수가 없어.

혜경궁 춥다니요? 햇살이 여간 뜨겁지 않습니다.

세자 학질에 걸린 모양이야. 가서 세손의 휘항[3]을 가져오시오. 그것
     을 쓰고 가야겠소.

혜경궁 세손 것을 작아서 어찌 쓰시려구요.

세자 모질기도…… 내가 오늘 나가 죽을 터이니 그것을 꺼리어 세손
     의 휘항을 쓰지 못하게 하는 것이지. 자네는 세손만 데리고 오래
     오래 살려고 하는구려. 무섭고 흉한 사람. 참으로 무서운 사
     람……

혜경궁 어찌 그런 말씀을 하십니까. 곧 세손 것을 가져 오라 하겠습니
     다.

세자 그만 두게. 꺼려하는 것을 내가 어찌 쓰겠나. 마지막 가는 길에
     그만 것도 안 해주니, 모질고 독한 사람…… 하기야 길 떠날 사
     람에게 필요한 게 뭐가 있으리…… 오늘이 바로 그날이지……

     무대 한 켠에 영조가 등장하고

_____
3) 양반이 쓰던 방한모의 일종

선희궁이 뒤를 따른다.

세자는 영조를 보지도 않고 다른 쪽을 향해 엎드린다.

두 사람 서로 외면하고 소통되지 않는 대화를 나눈다.

마치 서로의 말을 잘 알아듣는 것처럼 이야기를 주고받는다.

영조 네가 사사로이 무죄한 내관의 목을 벤 것이 사실이냐?

세자 바로 그날…… 아주 오랫동안 기다려온 바로 그날. 나는 세상의 악을 치러 먼 길을 떠나고 있었지.

영조 그 후로도 너의 처소에 있던 환관이며 나인들을 아무 이유 없이 여럿 죽이고 상하게 하였다는데 정녕 이것이 사실이냐?

세자 비루먹은 나귀를 타고 늙어서 걷기도 어려운 종놈을 하나 데리고 사악한 놈들에게 잡힌 왕을 구하러 길을 나섰지.

영조 어찌하여 그리 하였느냐?

세자 드디어 원수놈을 길 한 가운데서 떡하니 마주쳤겠다.

영조 일국의 세자가 그런 극악무도한 짓을 하다니.

세자 나는 단칼에 그놈의 목을 베리라 하고 용감하게 달려들었느니.

영조 그토록 마음이 상한 이유가 무엇이더냐?

세자 에라, 그런데 그놈의 칼이 날은 무디고 녹이 잔뜩 슬어 있었던 게야.

영조 너를 사랑해주지 않아서 그랬다? 너는 진정 그리 생각하느냐.

세자 그놈의 모가지를 베는데 어찌나 힘이 들었던지 나는 아주 진이 다 빠져버렸거든.

영조 내 다시는 너를 서운하게 하지 않겠다.

영조와 선희궁이 한켠으로 물러난다.

세자   내 이야기가 어떤가? 재미있게 들었는가?

혜경궁   그만 하세요. 저간의 일이 심하다는 것을 전하께서도 아실 것입니다.

세자   아니, 조금도 믿을 것이 없네. 그 말을 하시는 순간 이미 다 잊으셨을 것이야.

혜경궁   한 나라의 세자로 십년이 넘게 대리를 하신 분이 그리 약해서 어찌 하겠습니까.

세자   자네는 모르지. 사랑받고 인정받고 대우받는 이들은 나 같은 사람의 속이 어찌 생겼는지를 상상이나 하겠는가.

혜경궁   어떤 어려움이 있다 한들 참고 견디셔야 합니다. 왕위에 오르실 분이 아닙니까.

세자   왕 노릇, 나는 싫으이. 내 마음이 텅 비어 있어. 나는 사랑하는 법을 모르네. 사랑을 받아본 적이 없어서 남을 어찌 사랑해야 하는지 나는 모르네. 왕이란 모름지기 온백성을 자애롭게 보듬어야 할 일, 나 같은 이가 어찌 그 많은 백성을 일일이 사랑할 수 있단 말인가.

혜경궁   아이들이 왔습니다. 생신을 축하드린다고 아이들이 밖에서 기다리고 있습니다.

세자   물렀거라. 아비를 모르는 놈이 자식은 어찌 알겠느냐. 생일이라, 어찌하여 내가 이 세상엘 왔단 말인가. 다 소용없는 일, 모두 다 물러가라. 나는 아비도 모르고 자식도 모른다. 나는 내가 누구인지도 모른다. 아무 것도 모른다. 나는 죽어야 비로소 살 것이다. 이 무거운 옷 모두 벗어버리고 내가 온 그곳으로 돌아가야 다시 살 것이다.

세자, 그나마 걸친 옷을 모두 벗어 던진다.

광기어린 눈빛으로 혜경궁을 바라본다.

세자　자네는 무서운 사람일세. 내가 죽어야 자네도 살 것이야. 그 눈
　　　빛이 내게 그리 말하고 있네. 자네는 세손만 있으면 그만이지.
　　　아버님도 벌써부터 세손을 의지한다 하시지 않았나. 나는 갈 곳
　　　이 없어. 서 있을 힘이 없어. 나는 가려네. 자네를 위해, 세손을
　　　위해, 이만 가려네.

혜경궁　지아비가 무엇입니까. 아비는 또 무엇입니까.

세자　내게 노릇을 묻는가?

혜경궁　부디 자리를 지키세요.

세자　자네는 지어미가 무엇인지 아는가? 자네는 어미가 무엇인지 아
　　　는가? 자네는 아는 게 많아 참으로 좋으시겠네.

혜경궁　(장에서 옷을 꺼내온다) 이 옷을 입으세요. 체통을 차리세요.

세자　여기 다시 한번 불을 놓고 춤이나 한바탕 추어보세. 나는 불 속
　　　으로 들어갈 것이야.

혜경궁　딱하십니다. 그토록 힘겨우면 모두 내려놓으세요. 예서제서 저
　　　마다 손 내밀고 저하께서 무엇이든 내려놓기를 기다리고 있습니
　　　다. 세상 무서운 줄을 왜 모르십니까.

세자　그 중에 자네 손이 나는 제일 무서우이. 자네가 제일 무서워. 자
　　　네는 대체 내게 누구란 말인가. 내 지어미도 아니고 내 어머니도
　　　아니고 내 누이도 아니고. 맞아, 자네는 바로 내 아비를 그대로
　　　닮았네. 자네는 내 아비야. 나가면 아바마마, 들어오면 자네. 안
　　　팎에서 나를 밀어붙이니 내 숨이 턱, 막힐 밖에.

혜경궁　자리가 지중하니 숨이 막히는 것이 당연한 법, 어찌 그걸 모르십
　　　니까. 왕이 되실 것이니 얼마나 무거운 자리입니까.

세자　빈 말을 하지 마시게. 왕노릇이 저 멀리 가버린 걸 자네가 제일

잘 알 것인데 우리 서로 그런 거짓말은 하지 마세.

혜경궁 저하의 춘추가 이제 서른도 안 되셨고 앞날이 창창하십니다. 왕이 되셔야지요. 저하께서 왕이 되시고 저도 중전이 되고 세손이 다음 왕위에 오르고, 그렇게 사는 것이 우리의 정해진 생입니다.

세자 우리가 열 살에 만나 부부의 연을 맺은 후 자네는 그것만 생각하며 예까지 왔지. 내 지어미로서가 아니라 세자빈으로만 살아왔어. 그러니 이걸 어찌 하겠나. 중전 자리가 사라지게 되었으니 참으로 낭패가 아닌가.

혜경궁 아직 늦지 않았습니다. 저하는 왕이 되실 수 있어요. 저를 믿고 세손을 의지하고 강건해지셔야 합니다.

세자 미안하게 됐네. 나는 오늘 하루를 넘기기 어려울 터, 자네는 나 대신 세손을 믿으시게. 그 아이는 자네를 닮아 영특하니 왕 노릇을 할 수 있을 것이야.

혜경궁 중전 자리가 아쉬워 지아비를 붙잡고자 한다면 어찌 제대로 된 지어미라 하겠습니까. 저를 그리 여기지 마세요.

세자 그만두시게. 거의 다 왔네. 이제 얼마 남지 않았어.

혜경궁 마지막 남은 옷 한 벌입니다. 이걸 마저 찢으시면 더는 없습니다. 이걸 찢고나면 알몸으로 전하를 뵈러 나가셔야 합니다.

세자 이걸 입고 숨이 막혀 죽느니 알몸으로 매를 맞고 죽는 편이 나을 것이야. 나는 두려운 게 없어. 나는 하늘을 우러러 한바탕 소리를 지르고 그 길로 불 속으로 들어갈 것이야.

세자, 옷을 찢고 몸부림친다.
장을 부술 듯이 친다.
혜경궁, 한쪽에 물러서서 망연하게 보고 있다.

7. 아비와 아들 사이에는 친함이 있나니

선희궁이 영조에게 세자에게 처분 내릴 것을 고하는 동안
한편에서는 세자의 독백이 이들의 대화 사이에 끼어든다.
세 사람의 대사는 각기 다른 상황이기도 하고 어우러지기도 한다.
그러다 어느새 영조와 세자가 대면한 자리가 된다.

선희궁 전하, 세자가 이 지경에 이르렀으니 어찌하면 좋겠습니까.

영조 못난 놈…… 참으로 못난 놈……

선희궁 울적하면 사람이고 짐승이고 죽여 피를 보아야 직성이 풀리는
병이라니…… 장차 이를 어찌해야 할지……

영조 그놈은 나를 닮았어. 그놈에게선 그토록 외면하고 싶은 내 못난
모습이 보여. 더 당당하고 더 멋지고 더 강한 남자가 되어 더 높
이 올라가야 해. 왕을 끌어내리려는 자들을 강력하게 제압하려
면 더욱더 잘나야만 해. 호시탐탐 왕을 업수이 여길 기회를 노리
고 있는 저 망할 놈들. 아는 척에 잘난 척에, 매사에 나를 가르치
려 드는 무엄한 놈들.

선희궁 어미 된 처지로 차마 드릴 말씀은 아니지만 성궁을 보호하고 종
사를 평안히 받들기 위해서는 다른 방도가 없는 듯합니다.

세자 장례식과 결혼식, 젊은 아들의 장례식과 늙은 애비의 결혼식이
같은 날에 있다.

영조 그러나 이상하지. 그놈은 또 나를 안 닮았단 말이거든. 기골이

장대하고 무예도 뛰어나다 하니.

선희궁 심려가 깊으시니 옥체가 상하실까 염려됩니다. 모든 것이 저의 죄입니다.

세자 미친 아들은 저 세상으로 떠나고, 미친 애비는 남아 이 세상을 다스린다.

영조 누구든 감히 나를 넘어서려 해서는 안 된다. 아무리 내 자식이라 한들 결단코 그것만은 안 되지. 자식이라 해도 왕의 신하에 불과할 뿐.

선희궁 전하, 대처분의 결단을 내리소서.

세자 애비는 아들을 낳고 아들은 또 아들을 낳고 그 아들은 또 아들을 낳고, 애비의 피는 영원히 이어진다.

선희궁 삼백 년 종사가 걸린 일입니다.

세자 아들은 애비를 죽이고 그 애비는 또 지 애비를 죽이고 그 애비는 또 지 애비를 죽인다.

선희궁 제가 비록 무지한 아녀자의 몸이나 어찌 중요한 일을 분별하는 작은 지혜나마 없으리까.

세자 세상은 애비를 죽인 아들들과 애비에게 죽음을 당한 아들들로 가득하다. 하기야 가끔은 형을 죽이는 애비들도 있지……

선희궁 제게 자식을 잘못 낳은 죄를 물어주소서. 부자간 정리로 차마 못 하실 일이나 다 세자의 병이니 병을 어찌 탓하겠습니까.

영조 내가 아니라 선왕을 닮았다 하지. 듣자하니 백성들이 나는 본 체 만 체해도 세자의 행차에는 앞다투어 보기를 좋아한다 하고 대리도 곧잘 한다 하니…… 이런 무엄한 놈, 어찌 감히 애비를 능멸하는고.

세자 저승전에 머물면서, 돌아가신 경종대왕의 나인들 이야기만 듣다 보니 밤마다 꿈을 꾸었지.

선희궁 자식 하나가 온 나라를 망하게 할 지경에 이르렀으니 이제 모자가 함께 목숨을 내놓고저 합니다. 다만 세손 모자만은 평안하게 하여 주소서.

세자 경종대왕이 나타나 물으셨다. 니 애비는 나를 죽이고 왕이 되었다. 니 애비는 숙종대왕의 아들이 아니다, 니 애비는 천한 무수리의 아들이야, 국왕 자리에 앉을 인물이 못된다. 너는 니 애비를 어찌 생각하느냐?

영조 너는 니 애비를 어찌 생각하느냐?

세자 (깜짝 놀라 현실로 돌아오지만 여전히 잠꼬대를 하듯 횡설수설한다) 저의 아비는 숙종대왕의 아들이시고…… 경종대왕의 동생이시며…… 이 나라의 지존이시며…… 다만 지존의 자리를 탐하였습니다. 저의 아비는 명문가 최씨 가문의 딸을 어머니로 두었으며…… 아니, 무수리의 자식입니다.

영조 무엄한 놈…… 그래, 계속해보아라. 네 속에 든 것들을 남김 없이 다 꺼내놓아라 이놈.

세자 아비는 형을 독살하고 왕 위에 올랐으며…… 아비는 숙종 대왕과는 조금도 닮지 않았다 하며…… 아비는 조선의 여느 왕과는 달리 수염이 많고…… 아비는 터무니없이 왕의 자리를 탐하였고…… 아비는 천한 출생에…… 아비는 왕의 인품이 부족하고…… 아비는 미운 자식의 말을 들으시면 귀를 씻어 그 물을 저의 처소 쪽으로 뿌리시며…… 나라에 가뭄이 드는 것은 저의 부덕 탓이고 비가 많이 와도 저의 탓이며…… 대리청정 이후로는 그저 이 나라의 대소사가 잘못되는 것은 모두가 저의 탓입니다.

영조 네 죄가 참으로 크고도 많구나. 하나밖에 없는 아들놈이 그런 생각을 하고 나를 바라보았구나. 그래서 너의 눈빛은 그토록 냉랭하고 너의 입가에는 비웃음이 가득하였구나. 나를 업수이 여긴 끝에 너의 움직임은 나를 조롱하듯 굼뜨고, 그렇게도 사사건건 나의 부아를 돋구었드란 말이지.

세자 다만 저를 죽여주십시오……

영조 죽이다마다…… 너를 살려두고는 내가 살지 못할 것이다.

세자 아바마마, 저를 살려 주십시오.

영조 아니, 당치않은 말을…… 너의 기개를 보여라. 네가 이 나라의 적자이며 적손임을 보여라. 이 애비에게 더 강하게 맞서고 나를 더 지독하게 능멸하여라.

세자 무슨 말씀을 그리 하십니까, 아바마마……

영조 네가 싫었다. 네가 나를 미워하는 마음을 품고 나를 바라보니 어찌 내가 너를 사랑하겠느냐. 나는 여유가 없는 사람이다. 나는 마음이 복잡한 사람이야. 나는 모든 걸 다 안다는 눈빛을 하고 나를 바라보는 세상 사람들이 싫었다. 견디기가 힘들었어. 그런데 네 놈도 그런 눈빛을 하고 나를 보는 것이었다.

세자 이날까지 저의 마음에는 아버님에 대한 그리움만이 가득하였습니다. 그런 말씀은 거두어 주십시오.

영조 비가 와야 해. 이런 날은 비가 와야 한다. 비가 억수같이 내려 나를 적시고 너를 적시고 세상이 온통 빗 속에 잠겨야 한다. 비를 내려주소서. 저의 이 터질 것 같은 마음을 모두 씻어주소서.

빗소리 거세게 들리기 시작한다.

영조 비가 온다. 나는 비가 좋아. 비가 와야 세상이 조용하다. 빗 속에서 나는 깨끗하게 씻겨지고 나는 왕으로 다시 태어난다.

세자 전하, 비라니요…… 여기는 너무나 뜨겁습니다.

영조 그래, 네가 있는 그곳은 비가 아니 내리는구나. 거기는 해가 쨍

쨍하구나. 하하하, 네가 사는 세상은 햇살이 밝은 광명한 곳이고 내가 있는 곳은 비가 억수같이 쏟아지는 우울한 곳이로구나.

세자   햇살이 너무나 뜨거워 살이 데일 것 같습니다. 제게도 비를 내려 주십시오.

영조   여기로 오너라. 빗 속으로 오너라. 내 거기로 갈 것이야. 비를 피하러 네가 있는 그곳으로 갈 것이야.

세자   아바마마, 물을 한 모금만 주십시오. 목이 타들어가고 숨이 막힙니다.

영조   하늘이 뻥 뚫렸구나. 비가 끝없이 내리는구나. 나는 이 빗 속에 서 있을 것이다. 빗 속에서 나를 씻고 마침내는 내 이 몸뚱이가 쓸려 내려갈 때까지 서 있을 것이다. 비가 종국에는 나를 휩쓸어 갈 것이야. 몸뚱이가 사라지고 마음도 없어지고 아무 것도 남지 않는 그 순간을 나는 기다린다.

세자   비를 내려 주소서. 소자가 있는 여기에도 성은을 내려 주소서. 한 방울의 비를 전해주소서. 전하의 마음을 보여주소서.

영조   너는 너의 길을 가고 나는 나의 길을 갈 뿐이다. 너는 온 세상을 태워버릴 듯 해가 비치는 사막에 서 있거라. 나는 비가 세상을 모두 삼켜버리는 빗 속에 서 있을 것이다. 우리 한 판 내기라도 하자꾸나. 네가 살아남는지 내가 살아남는지.

세자   아버님이 이기셔야지요. 아버님은 지존이십니다.

영조   나에게 살려달라고 해라.

세자   (건조하게) 살려주십시오.

영조   너 스스로 너를 죽이고 나에게 너를 살려달라 해라.

세자   저의 목숨은 오래 전에 버렸습니다. 제대로 숨도 쉬지 못하는 몸, 이리도 저리도 아무렇게도 할 수 없는 몸, 이미 살아 있다고 할 수가 없는 몸인데 어찌 다시 삶과 죽음을 논하겠습니까. 저는 전하의 신하일 따름이니 전하의 뜻대로 하소서.

영조 건방진 놈, 난 너의 그런 말투가 싫어. 반항하고 꼬이고 비틀린 네 놈이 싫다.

세자 똑바로 하늘을 향해 뻗어나가는 보기 좋은 나무가 되고 싶었습니다. 이 나라의 동량이 되어 삼백 년 종사를 훌륭하게 잇는 번듯한 나무가 되고 싶었습니다. 그러나 이렇게 비틀리고 볼품없는 초라한 모습이 되고 말았으니 예서 더 목숨을 부지한다 한들 무슨 소용이 있겠습니까.

영조 너의 비루한 목숨을 끊고 불미스러운 멍에를 평생 지고 사는 욕을 당하게 하지 말라. 나를 욕되게 하지 말고 너 스스로 그 모진 목숨을 그만 끊어라. 너의 죄를 스스로 물어라.

세자 하오면 전하, 감히 묻겠습니다. 정녕 저의 죄가 무엇이옵니까?

긴 사이.

영조 여기 나경언이가 가져온 열가지 죄목[4]이 있다.

세자 한갓 천한 자가 불쑥 내민 종이 한 장에 저의 목숨이 달려있으니 참으로 가련한 목숨입니다. 저의 목숨값이 그토록 가벼우니 죄를 논하는 일 자체가 부질없는 일입니다. 더 이상 저로 하여금 모욕을 당치 말게 하시고 여기서 죽여주십시오.

영조 네가 인원왕후전의 빙애라는 나인을 데려와 임신을 시킨 것이 사실이냐?

세자 그렇습니다.

영조 후에 네 아이를 둘씩이나 낳은 그 나인을 죽인 것도 사실이렸다?

───────────────

4) 세자의 10가지 죄목을 쓴 나경언의 고변서

세자   사실입니다.

영조   애비가 듣기 싫은 소리를 좀 하였기로 홧김에 전각에 불을 지른 것도 사실이고?

세자   일부러 그런 것은 아니…… 네, 사실입니다.

영조   토굴을 파고 들어앉아 애비 죽으라고 못된 짓을 하고 있다는데 그것도 사실이냐?

세자   그것은 다만 제가 마음이 답답하여……

영조   닥치거라. 그리고 애비 모르게 석 달씩이나 평안도에 다녀온 것도 사실이렷다? 거기 가서 무얼 했느냐? 대체 무슨 짓거리를 꾸미고 다녔느냐?

세자   순찰을 하였습니다. 이 땅의 경계와 방비를 직접 보고 싶었습니다.

영조   네가 왕이냐? 대리저군을 명하였으되 내가 왕이다. 네 마음대로 돌아다니며 왕 노릇을 하였느냐?

세자   국방을 튼튼히 하는 것이야말로 나라의 근간이니 북의 경계가 제대로 되어 있는지 살피고자 하였습니다.

영조   너의 행적에 대해 다 알고 있다. 너는 역모를 꾸몄다. 평안도의 자금과 군사를 꼼꼼하게 살피고 거삿날을 잡으려 했다는 증거를 다 가지고 있다.

세자   다시 묻겠습니다. 전하, 저의 죄가 정녕 무엇이옵니까?

영조   너의 죄는 일일이 말로 할 수가 없을 만큼 많다, 네가 조금이라도 정신이 남아있다면 잘 알고도 남을 일이 아니냐.

세자   전하께서 소자를 죽이고자 하시니 전하의 신하된 자로서 명에 따르겠나이다.

영조   너의 죄를 나에게 씌우지 말라.

세자   저로 인하여 홧병이 나신다 하니, 제가 죽어야 마음이 평안하시다 하니 자식 된 도리로 효를 위해 죽겠습니다.

영조　살려 달라 해라. 자식 된 도리로 아비에게 죄를 짓게 하지 말라.

세자　저의 명예를 위해, 목숨을 구걸하지는 않겠습니다. 선비는 목에 칼이 들어와도 불의와는 타협하지 않는 법, 저의 죄를 벌하여주소서.

영조　그 말은 너는 의, 나는 불의란 말이렷다.

세자　제가 없어지면 세손과 세자빈이 평안할 터이니 그들을 위해 죽겠습니다. 전하는 곧 국가이시고 저는 일개 백성의 몸이오니 국가의 뜻에 따르는 것은 당연지사, 바라옵건대 저를 죽이고 평안을 구하소서.

영조　너는 끝내 나를 괴롭히는구나. 끝끝내 아비와 맞서려는 것이야.

세자　저의 죄는 아비를 닮은 죄, 저의 죄는 유약한 아비의 마음을 물려받은 죄, 저의 죄는 흔들리는 아비와 함께 흔들린 죄, 저의 죄는 서글픈 아비의 마음을 보고만 죄, 저의 죄는 아비의 허욕을 채우지 못한 죄, 저의 죄는 아비를 닮지 않은 죄, 저의 죄는 아비처럼 잔인한 마음으로 자신을 가리고자 한 죄, 저의 죄는 아비와 똑같이 천한 어미의 몸을 빌어 태어난 죄, 저의 죄는 아들이 되어 아비를 지키지 못한 죄, 저의 죄는 한 사람의 충신도 갖지 못한 죄, 저의 죄는 더러운 병에 휘둘린 죄, 저의 죄는……

영조　닥치거라. 끝까지 아비를 능멸하고자 하는 네 놈의 죄를 네가 정녕 모르느냐.

세자　전하, 저의 죄는…… '아비' 의 '아들' 로 태어난 죄입니다.

영조　그래, 바로 그것이로구나. 네 입에서 비로소 진실이 나왔다. 자 이제 그 죄의 댓가를 치러야 할 것이다.

세자　저의 죄를 벌하여 주소서. 아비의 자식 된 죄가 가장 큽니다.

영조　나의 하나밖에 없는 아들, 내가 너를 벌하는 순간, 네가 나를 벌

할 것이다.

세자   그것이야말로 '아비와 아들 사이에는 친함이 있나니', 바로 '부자유친' 아니겠습니까.

영조   그러하다. 우리는 이 세상 어느 누구도 이루지 못한 부자간의 도리를 가장 완벽하게 이루게 될 것이다.

세자   세상에 태어난 의미를 완성하는 순간이라 할 것입니다.

영조   우리가 처음이자 마지막으로 완전한 화합을 이루는 순간이 바로 지금이렷다.

세자   경하드립니다. 전하께서는 부자유친의 완벽한 예를 청사에 길이 남기실 것입니다.

영조   이를 말이냐. 이런 순간에는 비가 와야 한다. 비가 내려 우리의 의식을 완성해야 할 것이야. 내 당장 하늘의 뜻을 확인할 것이다.

갑자기 비가 억수같이 내린다.
빗 속에서 광란의 춤을 추는 영조와 사도세자
혜경궁이 서서히 뒤주를 밀고 들어온다.
6장에서 세자가 들어가 누워있던 관 모양의 바로 그 상자다.
두 사람의 꿈꾸는 듯한 대사가 화해의 시처럼 공간을 채운다.

영조   나의 아들아, 저 안으로 들어가라. 거기서 잘난 너의 세상을 구하여라.

세자   딱 저만한 세상을 원하였습니다. 저 안에 산을 들여놓고 바다를 들여놓고 하늘도 별도 달도 모두 들여놓을 것입니다.

영조   왜 아니겠느냐. 저 안에 무궁무진한 너의 세상이 있다. 자 들어가거라.

세자 저의 시냇물에 몸을 담그고 조약돌을 헤아리며 물고기를 잡고 놀 것입니다. 텃밭에는 감자를 심고 꽃씨도 뿌리고 장독대에는 잠자리가 날아다닐 것입니다.

영조 그래, 참으로 평화로운 곳이로구나.

세자 저의 가없는 마음의 끝을 모두 풀어놓고 한바탕 꿈같은 세상을 열 것입니다.

영조 오냐, 무엇이든 다 이룰 것이다.

세자 저의 세상에 아바마마도 오소서. 그 무거운 옷을 던져버리고 저와 평상에 누워 하늘의 별을 헤아리소서.

영조 먼저 가거라, 언젠가 내 너의 세상에 함께 갈 것이니라.

세자 전하, 그간의 저의 불효 불충을 모두 용서하소서.

영조 나 또한 너의 아비노릇을 잘 하지 못하였다. 아들아, 내 너의 이름을 친히 부르노니 나의 그릇된 아비노릇을 모두 씻고 가거라.

세자 세세토록 만수무강하소서.

세자, 예를 갖추어 큰절하고

맑은 얼굴로 무궁한 새 세상으로 가듯 뒤주로 들어간다.

세자, 뒤주 옆에 서 있는 혜경궁을 잠시 바라본다, 복잡한 눈빛이다.

혜경궁, 조금의 흔들림도 없이 건조하고 냉랭하다.

빗소리 점점 거세어지고

광기에 휩싸인 영조는 옷을 벗어던지고 뒤주에 직접 못을 박는다.

못 박는 소리 무겁게 오래오래 들려온다.

8. 내가 그 일을 좋아서 하였으리

영조 참으로 오랜만이로구나.

혜경궁 전하, 저희 모자가 살아 있는 것이 모두 성은입니다.

영조 내 '그 일'이 있은 후 너를 보는 것이 어려웠다.

혜경궁 미천한 것이 높으신 뜻을 어찌 다 헤아리겠습니까. 평안하시기를 바랄 따름입니다.

영조 네가 나를 위로하는구나.

혜경궁 모든 것이 하늘의 뜻이니 심려치 마소서.

영조 참으로 망극한 일이로다.

혜경궁 삼백 년 종사가 달린 일입니다.

영조 과연 그러하냐? 요즘은 마음이 복잡하다.

혜경궁 겨울이 가면 꽃이 피고, 바람이 그치면 새 잎이 나기 마련입니다.

영조 너의 뜻이 장하구나. 내 항상 내 아들보다도 너를 굳게 믿었거늘 이제 보니 너의 마음 씀씀이가 과연 호탕하구나.

혜경궁 국가의 기강을 담대하게 하는 일이 제왕의 근본이며 가족의 일은 그에 비할 바가 못 될 것입니다.

영조 그러하다. 내 어찌 그 일을 좋아서 하였겠느냐.

혜경궁 세상 무지렁이들이 어찌 전하의 깊은 속내를 알 수 있겠습니까. 세월이 흐르면 전하의 용단이 칭송받을 것입니다.

영조 과연 그럴 날이 오겠느냐?

혜경궁 삼백 년을 넘어 오백 년 천 년까지 이어갈 조선입니다. 종사를 보존하는 크나큰 길에 어찌 인간의 판단을 넘어서는 일들이 없겠습니까. 군왕의 일이란 어리석은 저들의 생각을 넘어서 있는 것입니다.

영조 너의 위로가 진정 갸륵하구나.

혜경궁 세자는 전하의 사적인 아들이기 전에 전하의 신하이고 국정을 어지럽힌 신하의 죄를 묻는 것은 군왕의 위엄을 바로 세우는 일일 것입니다.

영조 하여튼 못된 아들이로고. 어찌하여 칠십이나 먹은 늙은 아비로 하여금 이런 몹쓸 노릇을 하게 한단 말이냐.

혜경궁 전하, 세손을 보시겠습니까.

영조 그래, 오랫동안 보지 못해 몹시도 궁금하고 보고 싶구나.

혜경궁 곧 세손을 불러오겠습니다. 부디 전하께서 데려가 길러주소서.

영조 그것이 진심이냐? 네가 남편도 없이 이제 세손마저 내주면 어찌 살려 하는고?

혜경궁 저의 외로움은 작은 일이나 전하께서 세손을 가까이에 두시고 가르치심은 큰 일입니다.

영조 참으로 기특하구나. 너의 그 아름답고 깊은 효성을 내 잘 알겠노라. 너에게 가효당(佳孝堂)이라는 당호를 내려주마.

혜경궁 망극할 따름입니다.

영조 네가 효심이 깊고 나라의 대소사를 분별하니, 내 이제 세손을 죽은 효장세자의 양자로 입적하여 장자의 아들로 적통을 삼고자 한다.

혜경궁 (크게 놀라) 전하, 그게 무슨 말씀이십니까?

영조 지금 이 순간부터 세손은 사도세자의 아들도 너의 아들도 아니다. 세손은 죽은 효장세자의 양자가 되어 나의 장자의 아들, 곧 장손이 될 것이다. 이는 세자로 하여금 이 나라 왕실의 진정한 적통이 되게 하려 함이니라.

혜경궁 전하, 그 무슨 말씀이십니까. 황공하오나 제게 죽으라는 말씀이 나 한가지십니다.

영조 죽은 세자의 아들이 왕위에 오르면 다시 한번 피바람이 불 것이 다. 죄인의 아들이라 하여 시비를 일으키는 자들이 생길 것이고 그런즉 왕위를 보전하기 어려운 처지에 놓일 것을 어찌 모르느 냐.

혜경궁 이날까지 오직 아들만 의지하고 살아왔습니다. 통촉하여 주소 서.

영조 너는 아들의 앞날을 생각해야 할 것이다. 효장세자의 아들이 되 면 모든 뒷탈을 막을 수 있느니 네가 대체 무엇을 중히 여기는 것이냐.

혜경궁 생각이 미천하여 큰 뜻을 헤아리지 못하였습니다.

영조 네 비록 지금은 서운하나 훗날 나의 뜻을 알 것이다.

영조, 퇴장한다.

낙심한 혜경궁, 문득 장롱 문을 열고 들여다본다.

그 안으로 들어가려고 한다.

그러다 생각을 바꾼 듯 다시 나와 문을 닫는다.

어두워진다.

9. 너는 강한 어미가 되어라

때로는 책을 읽듯이 때로는 묻고 답하듯이
때로는 같이 넋을 잃은 듯
비극적 운명을 지닌 두 여인의 대사가 공간을 가로지른다.

혜경궁 (넋이 나간 듯) 나의 남편은 세자.

선희궁 (거울처럼 그대로 받는다) 나의 남편은 왕.

혜경궁 제 정신이 아닌 그를, 나는 바라보았다.

선희궁 제 정신이 아닌 그를, 나는 바라보았다.

혜경궁 그는 무죄한 사람을 죽이고, 자신마저 죽였다.

선희궁 그는 무죄한 사람을 죽이고, 아들마저 죽였다.

혜경궁 그는 한 여인으로 나를 사랑하였나? 나는 그를 한 남정네로 사랑하였나?

선희궁 그는 비천한 나를 어미처럼 사랑하였다. 나는 종처럼 그를 받들어 섬기었다.

혜경궁 나의 아들은 무결한 나의 지아비. 나의 아들은 한없이 높은 나의 하늘, 나의 아들은 나의 생명.

선희궁 나의 아들은 비천한 어미의 아들. 나의 아들은 한없이 넓은 나의 땅, 나의 아들은 나의 죽음.

혜경궁 미친 남편은 없어도 그저 살아가겠나이다. 그와의 지옥을 견디고나면 반드시 새 세상이 남을 줄로 알았습니다.

선희궁 미친 남편이라도 그 그늘 아래 살겠나이다. 아들을 죽인 광기라
　　　도 내 모두 받들겠나이다.

혜경궁 미친 아들의 미친 아비십니다.

선희궁 미친 아들이 미친 아비의 핏줄을 타고 미친 어미의 몸을 빌어 나
　　　왔습니다.

혜경궁 하늘이시여, 우리를 용서하지 마소서. 모두 벌하소서. 그 광기가
　　　서로를 사정없이 물어뜯다가 앙상하게 뼈만 남아, 끝내는 세상
　　　을 모두 불사르게 하소서.

선희궁 이 죄악의 자리에서 우리 한바탕 놀게 하소서.

혜경궁 지아비를 죽여 내 아들의 양식으로 삼았습니다. 지아비가 줄 수
　　　없는 중전의 권세, 아들이 왕이 되면 돌려받을 것입니다.

선희궁 아들 하나 잘 두는 일이 세상을 얻는 일. 나는 세상에서 밀려날
　　　것이요 너는 세상을 얻을 것이다.

혜경궁 어머니는 아들을 제물로 바치셨으니 무얼 바라겠습니까.

선희궁 나는 아들을 지아비의 양식으로 바쳤다. 지아비가 가는 길에 거
　　　리적거리는 아들 깨끗이 치워드렸다.

혜경궁 지어미 자리는 버릴지언정 어미 자리는 버리는 게 아닙니다.

선희궁 부끄러운 혈통의 어미, 못난 아들이 모두 내 죄로만 여겨졌다.
　　　그래 물러섰다. 너는 끝내 좋은 날을 보겠구나.

혜경궁 아녀자로서의 행복을 모르고 사는 생, 무엇에든 인생을 걸어야
　　　지요.

선희궁 여자의 행복이라…… 우리는 그저 험한 세상을 살았구나.

혜경궁 (문득 뜬금없이) 그런데, 어머님은 아버님을 진정으로 사랑하십
　　　니까?

선희궁 사랑이 무슨 뜻인고?

혜경궁 아버님이 불쌍하고 측은해서 애틋한 마음이 드느냐 그 말씀이

지요.

선희궁 아버님을 아들같이 여기느냐 그 뜻이로구나.

혜경궁 아들은 내 삶의 기둥, 마지막까지 기댈 커다란 산이지요. 남편을 그리 사랑했다가는 이 몸이 순식간에 타버리고 말 것입니다. 지아비란 그저 가련해서 어미처럼 따뜻하게 안아주어야 하는 그런 사람이지요.

선희궁 내가 그리 하지 않으면 어찌 오늘에 이르렀겠느냐. 나는 천한 어머니를 두신 분이 비로소 편히 쉴 수 있는 비천한 여자가 아니더냐.

혜경궁 어머니께서는 아들을 죽인 지아비를 여전히 사랑하십니다. 어머님은 행복하십니다. 그 사랑 안의 아버님도 참으로 행복하십니다.

선희궁 내 가슴 속은 둘로 나뉘어 있다. 아들을 위해 우는 자리와 지아비를 위해 우는 자리다. 그것은 둘이로되 또한 하나로다. 나는 한쪽 가슴으로는 아들이 그리워 울고 한쪽 가슴으로는 지아비가 불쌍해서 운다.

혜경궁 저는 울지 않을 것입니다. 중전 자리도 대비 자리도 다 사라져 버렸으나, 저는 내 아들의 진정한 어미로 다시 일어설 것입니다. 설령 제 아들이 미쳐 온 세상 뒤엎는다 해도 저는 그 아들 안고 장하다 외칠 것입니다.

선희궁 어제로 아들의 삼년상을 마쳤다. 이제는 내가 그 애를 보러 갈 것이다.

혜경궁 곡기를 끊으신 지 한참 되었습니다. 어미 된 자리를 지키려면 모진 목숨이라도 살아남아야 할 것입니다.

선희궁 세자가 죽는 순간 내 어미 노릇은 끝이 났다.

혜경궁 어머니 어딜 가십니까.

선희궁 나를 배웅하지 마라. 죄 많은 어미가 가는 마지막 길은 세상에서 가장 외롭고 가장 쓸쓸하고 가장 아득해야 한다. 그것이 내게 어울리는 길이다.

줄임은 길이다.

휘청거리듯 세상을 하직하는 선희궁을
혜경궁, 큰 절로 배웅한다.

10. 한바탕 꿈, 난장

혜경궁이 〈한중록〉을 쓰고 있다.
이후의 장면은 혜경궁의 회상과 상상이 뒤엉킨 부분으로
대사 없이 동작만으로 이루어진다.
잠시 생각에 잠기면

무대 저쪽에 누군가 흐릿하게 보인다.
빙애가 바느질을 하고 있고
그 옆에서 세자는 다정한 눈빛으로 빙애를 들여다 보고 있다.
평화롭고 아름다운 모습이다.
혜경궁, 글쓰기를 멈추고 그 모습을 물끄러미 바라본다.

화완옹주가 들어와 세자 옆에 앉는다.
세자가 빙애를 밀쳐내고 옹주를 안는다.
자지러지는 옹주.

영조와 정순왕후가 들어와 자리를 잡는다.
어린 중전이 귀여워 어찌 할 바를 모르는 영조.
세자가 그 모습을 보고 역겨워하다가 달려가 난동을 피우고 칼부림
을 한다.
영조가 호통을 치고

선희궁이 달려나와 세자를 만류한다.

세자를 안고 운다.

세자, 뛰쳐나간다.

선희궁이 영조 앞에 엎드린다.

영조는 화가 나 있다.

혜경궁이 일어선다.

부서져가는 장롱을 애써 밀고 와 영조 앞에 놓는다.

영조가 세자를 끌고 나온다.

세자에게 장롱을 가리키자

세자, 허탈한 웃음을 지으며 기꺼이 그 안으로 들어간다.

영조, 문을 닫는다.

선희궁, 외면한다.

혜경궁, 옷을 걷어부치고 못을 박는다.

침묵 속에서 갑자기 망치 소리 크게 들린다.

한 번 망치를 내리칠 때마다

혜경궁, 몹시 힘들다.

욕망과 절망, 사랑과 미움, 희망과 좌절이 뒤섞인 고통의 몸짓이다.

영조, 흡족한 표정으로 바라본다.

세자의 날카롭고 가느다란 비명소리 새어나온다.

영조, 장롱을 둘러싸고 춤을 추기 시작한다.

모두들 제정신이 아닌 듯 다같이 춤을 춘다.

희생제의를 치르는 듯 서서히 고조된다.

난데없이 째질 듯한 음악이 들려온다.

한바탕 난장이다.

다들 미쳤다.

혜경궁, 못 박기를 멈추고 한켠으로 물러나 그들을 본다.
문득 정신이 든 듯 자신의 손에 들린 망치를 본다.
망치를 떨어뜨린다.
자기의 두 손을 망연히 바라다 본다.

〈한중록〉이 바람에 날려 무대에 가득 찬다.
바람이 잦아들고나면
어느새 빈 무대.

혜경궁, 홀로 서 있다.
무대 고요하고 어둡다.
깊은 어둠 속으로 혜경궁, 서서히 잠겨든다……
혜경궁의 테마 음악이 흐른다.

인생사, 한바탕 꿈이다.

(2011)

슬픔은
힘이 세다

등장인물

─현재─

명자 : 1925년 생, 85세
복희 : 명자의 딸, 1945년 생, 65세
현식 : 명자의 아들, 1956년 생, 39세에 자살
은실 : 복희의 딸이자 명자의 손녀, 1975년 생, 35세
경수 : 복희의 전남편이자 은실이의 아버지, 1950년 생, 60세
의사, 정신과의사
조사원 : 위안부 문제 조사원

─60년 전─

젊은 명자
어린 복희
영식 : 명자의 남편
병사 : 명자가 복희의 아버지라 믿고 있는 학도병 김혁
위안부 처녀들
일본군인들
동네 사람들

1. 꽃 사세요

안개가 자욱하게 낀 어둑어둑한 거리.
미군부대가 주둔했다 떠나간 쇠락한 동네.
낡고 잘 알아볼 수 없는 영어 간판이나 표지판 등이 안개 사이로 뜨
문뜨문 보인다.
초라한 외등 아래
지나가는 사람이 아무도 없는데
나이를 알 수 없을 만큼 짙은 화장을 하고 예쁘게 차려입은 복희가
작은 꽃바구니를 들고 서 있다.
꿈꾸듯 혹은 시를 읊듯 비현실적으로 들리는 말들이 떠다닌다.

복희 꽃 사세요. 오늘은 장미에요. 향기가 아주 좋아요. 저기 신사 양
반, 이리 와보세요, 향기를 좀 맡아봐요. 어쩌면…… 색이 곱기
도 하지. 너무 고와.
겨울 장미는 아름답고 슬프죠.
사랑하는 사람에게 꽃을 한 송이 사다주세요. 여자들은 꽃을 좋
아해요.

아무도 없는 거리에서 사람을 부르는 시늉을 하며 꽃을 파는 복희.

어린 은실의 소리 (꿈 속에서 들리는 듯 아련하게) 엄마, 나 올 때까지 어디

가지 말고 꼭 여기 있어. 여기서 나 기다려. 꼭 돌아올 거야. 엄마, 아무 데도 가지 마.

복희 (역시 꿈 속을 헤매듯) 은실아, 인정리[5] 잊지 않았지. 아직도 너 기다리고 있어. 이 동네가 없어진대. 군부대도 사람들도 모두 떠나갔어. 그치만 난 안 떠나. 너 올 때까지 기다릴 거야. 너 올 때까지 절대 떠나지 않을 거야. 우리 딸, 어서 돌아와.

잠시 후.
점점 침침해지는 외등 아래
어느새 복희는 보이지 않고
흩어진 꽃들과 빈 꽃바구니만 덩그러니 놓여 있다.
어둠이 가득한 무대에서
그 자리에만 조명 잠시 비춘다.

---

5) 실제로 기지촌이 있던 평택 안정리에서 따온 이름이다. 특정 지역을 지칭하기보다는 기지촌이 있던 동네들을 광범위하게 지칭하기 위해 의도적으로 변형했다.

2. 복희의 장례식

조촐한 장례식장.
명자의 방에 놓인 작은 상 하나와 흰 국화 한 다발이 전부다.
초라한 장소에 어울리지 않게 배우처럼 아름다운 여자의 사진이 놓
여 있다.
복희의 젊은 시절 사진이다.
명자, 구석에 앉아 있다.
문상객이라곤 아무도 없다.
잠시 후.
은실이 들어선다.
명자는 은실을 본 체도 안 하고 사진만 들여다보고 있다.
명자는 복희의 죽음으로 충격을 받아서 정신이 오락가락한다.

은실   할머니.
명자   (누군지 알 수 없다는 듯 멍한 눈길)
은실   왜 또 그렇게 보세요.
명자   (문득 생각이 난 듯) 아, 우리 딸이로구나. 우리 딸 복희가 왔구
        나.
은실   그새 또 잊으셨어요. 딱해라, 우리 할머니.
명자   왜 이제 왔어. 내가 얼마나 기다렸는데. 쯧쯧, 얼굴이 아주 반쪽
        이 됐구나. 그래도 이겨낼 줄 알았지. 우리 딸이 다 이겨내고 이

렇게 에미한테 올 줄 알았지. 잘 왔다. 잘 왔어.

은실　저 은실이에요. 할머니 손녀딸.

명자　(들은 체도 않고) 얼른 밥 해야겠다. 너 동치미 좋아하지. 동치미 물에 담가서 짠 기 쏙 빼고는 착착 채 썰어서 냉수에 담그면, 너 그거 한 가지만 해서도 밥 한 그릇 다 먹었잖아. 너 오면 줄려고 가을마다 동치미를 담갔었다. 겨울에 먹을 거 말고도 여름에 먹을 짠 동치미도 항상 따로 했었지. 오랫동안 기다렸어. 아주 오래…….

은실　할머니.

명자　그치만 이 달이 가기 전에는 꼭 올 줄 알았다. 이 달 초에 네 꿈을 꾸었거든. 니가 이쁜 가마 타고 가는 꿈 꿨다. 신랑집에 간다고 하얀 치마 저고리 입고 하얀 가마를 탔드라. 잠깐만 내렸다 가라고 아무리 잡아도 냉정하게 뿌리치고는 그냥 막 가드라. 그래도 난 떠나는 니가 하냥 고와서 가슴이 터질 것 같았다. 그래, 내 꿈이 맞았지. 이렇게 에미 보러 다시 올 줄 알았다.

은실　할머니도 참…… 손녀딸도 못 알아보시고.

명자　새로 밥을 해야지. 조금만 기다려라. 너한테 뜨신 밥 한 번을 제대로 못해줬지. 찹쌀도 섞고 서리태콩도 한줌 넣고 기름이 잘잘 흐르는 쌀밥을 해올 테니 조금만 기다려라. 너한테 늘 뜨신 밥을 해주고 싶었어.

은실　할머니.

명자　얼른 나가 봄나물을 뜯어야지. 저기 뚝에 나가면 미나리가 한창이다. 들판에는 민들레도 있고 냉이랑 달래도 있고, 그게 다 보약이다. 긴 긴 겨울 동안 봄이 오기를 얼마나 참고 기다리면서 왔는지. 온몸으로 땅을 비집고 나오는 새 이파리들 말이다, 그걸 뜯어다 무치는 거야. 봄나물은 그저 삶지도 말고 날로 먹어야 제

맛이지. 애야, 에미랑 들판에 나물 뜨으러 안 가련? 쑥도 뜯어다 쑥버무리 해먹으면 그게 또 별미지. 남으면 삶아 널었다가 가을이고 겨울이고 된장 풀어 국 끓이면 봄이 다시 온 것 같지. 봄이 왔는데……. 그런데 왜 이렇게 날이 우중충하지? 어여 나가보자, 봄비가 한바탕 와야 하는데, 그래야 고운 새싹들이 온 세상에 죄다 예쁜 얼굴 내밀고 나올 텐데. (일어선다)

일어서서 급히 나가려다
문 앞에 서서 망설인다.
설레고 꿈꾸던 얼굴은
어디로 가야할지 방향을 잃어버린 듯
두려움에 찬 얼굴이 되어 멍하니 서 있다.
이때
초라한 행색의 양복차림으로 경수가 들어선다.
명자, 약간 겁 먹은 얼굴로 제 자리에 와 앉는다.
서로를 바라보는 경수와 은실.
두 사람의 잠시 얽히는 눈빛, 복잡하다.
꼼짝도 못하고 서로를 바라보기만 하는 두 사람.
경수, 은실을 어색하게 외면하고 영정 앞으로 가서 천천히 향을 피우고 절한다.
경수가 명자에게도 절한다.
그제서야 겨우 정신을 차리고 몸가짐을 바로 하는 명자.

명자 이 양반은 누구신가.
경수 …….
명자 요즘 내가 사람을 잘 못 알아본다우.

경수 처음 뵙겠습니다.

명자 생각이 날 듯 말 듯.

경수 진작 찾아뵈었어야 하는데.

명자 아니 누구시든간에 우선 뭐라도 대접을 해야지, 차라도 내와야
      지.

경수 괜찮습니다.

명자 애야, 가서 차 좀 한 잔.

경수 그냥 두세요.

은실, 차를 가지러 나간다.

명자 내가 통 정신이 없어요. 집안에 갑작스런 우환이 닥치다보니.

경수 그러시지요.

명자 (얼굴을 들여다보다가 갑자기 생각이 나서) 아, 혹시…….

경수 저를 아시겠습니까.

명자 자네 아닌가. 우리 사위야, 우리 사위가 오셨어. 세상에, 사진으
      로만 보고 처음 보니 알아볼 수가 있어야지. 그래도 어딘가 낯이
      익다 싶었지.

경수 죄송합니다.

명자 우리 딸이 이 사진을 나한테 줬다네. (옆에 놓여 있던 작은 액자를
      내민다)

경수 (사진을 받아서 들여다본다, 25세의 젊은 대학생 경수가 술집에서
      일하던 30세의 복희와 사진관에서 옷 빌려 입고 찍은 흑백의 결혼
      사진이 배경으로 보인다)

명자 이게 얼마만인가. 삼십 년이 넘었으니. 하지만 자네를 보자마자
      알아볼 수가 있었어. 이 사진을 날마다 들여다보고 있었거든.

경수 　고생 많이 했지요, 이 사람.

명자 　사람 사는 게 어디 쉬운가. 인생사가 모두 고해인 걸, 사는 게 다 업보를 치르는 과정이니 그 고생을 어찌 다 말로 할 수 있겠는가.

경수 　면목이 없습니다.

명자 　나는 이제 여한이 없네. 딸도 만나고 사위도 만났으니 여한이 없어.

경수 　저 사람, 저랑 살 때도 어머니를 애타게 찾았지요.

명자 　서로를 찾으려고 평생 애를 썼지만 이제 겨우 만났다네. 둘 다 할머니가 되어 만났어. 다섯 살 때 잃어버린 딸을 죽을 날 받아 놓고서야 만났어.

경수 　그래도 어머니를 만나고 갔으니 다행이네요.

명자 　그렇지가 않아. 저 애는 가슴에 한을 품고 갔어. 그렇게 보고 싶어 하던 딸을 끝내 보지 못하고 갔다네.

경수 　은실이를 입양 보냈다는 소리는 멀리서 들었습니다. 모두 제 잘못입니다.

명자 　맨손으로 쫓겨나 여자 혼자 어찌 애를 키울 수 있었겠나…… 둘이 며칠씩 굶는 걸 보고 이웃에서 아이를 고아원으로 데려갔다고 하데. 미국으로 보내서 공부도 시키고 잘 키우는 게 낫다고 말이야.

경수 　제가 마음이 좁아서 그랬습니다. 은실이가 자꾸 제 자식 같지 않고 이상한 마음에 휘둘리다 보니…… 그때는 제가 무엇에 씌었었나 봅니다. 저승에 가서 저 사람을 어떻게 볼지…….

명자 　산다는 게 온갖 미망에 휩싸여 돌아가는 걸 나약한 인간이 어찌겠나. 생에는 어딘가 운명이고 팔자고 그런 게 있는 거 같아. 아무리 애를 쓰고 기를 써도 안 되는 거, 그런 게 있는데, 그걸 달리 뭐라 이름을 붙이겠나.

경수 은실이가 지 에미를 그대로 닮았네요.

명자 에미가 의식불명이 된 후에 겨우 찾아 왔네. 삼십 년 만에 만나서 서로 말 한 마디 못 나누고 영원히 헤어졌으니, 저애도 전생에 업이 많은 모양이야.

경수 저는 차마 볼 낯이 없어서…… 못 볼 거 같습니다.

명자 제 핏줄이고 자식인데 보고 못 보고가 어딨어.

경수 나중에 다시 오겠습니다. 지금은 도저히 아무 말도 할 수가 없네요.

명자 (어지러운 듯 머리를 감싸쥐고)

경수 왜 그러세요.

명자 머리가 좀 아파서…… 이놈의 소리가.

경수 약이라도 사오겠습니다.

명자 아니, 그냥 두게. 좀 있으면 돼. 지나가기를 가만히 기다려야 해. 하루에도 수십 번씩 이 난리를 겪는다네.

경수 잠시 누우세요.

명자 머릿속에서 온종일 이 소리란 놈이 왔다갔다 한다니까.

경수 좀 괜찮으세요?

명자 (다시 정신이 나가서) …….

경수 장모님.

명자 아, 참, 내 정신 좀 봐, 우리 사위라고 했지. 그런데 이를 어쩌나, 우리 딸이 잠시 어딜 좀 갔어. 우리 애도 내심 자네를 많이 기다리는 눈치던데, 요즘엔 더 그랬지, 몸이 안 좋아서 그런지 마음이 많이 약해졌거든. 그래도 이 달 안에는 올 거야. 내가 얼마 전 좋은 꿈을 꾸었거든. 실은 나도 그 애를 본 지가 좀 됐다네. 나도 몸이 성치 않아서 말이야. 자네가 병원에 가서 그 앨 좀 보고 오면 좋으련만. 아니, 아니야. 자네가 어찌 거길 가겠나. 이제 그럴 사이가 아니지. 그래, 자넨 어떻게, 잘 지내나.

은실, 음료수를 내려 놓는다.

명자   애야, 어어 밥 좀 한 상 차려와라. 이렇게 귀한 손님이 오셨는데 밥도 안 차리고 그러고 섰니.
경수   그냥 두세요.
명자   아니, 아닐세. 내가 상을 차려오지. 내가 밥을 차려올 테니 잠시 기다리게.
경수   그만 가야 됩니다.
명자   그러지 말게. 우리 딸이 오면 보고 가야지. 이제 올 때가 됐어. 이봐요 아가씨. 좀 나가봐줄라우, 우리 딸이 올 때가 됐는데 좀 나가 봐요. 귀한 손님 오셨다고 이르고 얼른 좀 데려오슈. 부탁해요.

은실, 하릴없이 다시 나간다.

명자   (목소리를 낮추고 비밀스럽게) 요즘은 도무지 누가 꽃을 사야 말이지. 저녁마다 나가봐야 그냥 올 때가 더 많다네. 그래 내가 꽃장사는 이제 그만 두라고 해도 통 말을 들어야지. 이 추운데 길거리에 서서 꽃을 팔고 서있다네 글쎄. 한 송이 팔아야 그래 얼마를 번다고…… 이제 나이 먹어서 사는 게 여간 힘들지가 않어.
경수   (돈봉투를 건네며) 이거…… 얼마 안됩니다.
명자   이게 뭔가? (열어보고) 돈 아닌가? 아이고 이렇게나 많이? 고맙네. 정말 고마워. 그러지 않아도 수술비가 걱정이 돼서 수술도 안 한다고 어찌나 버팅기는지…… 겨우 수술실에 밀어 넣었는데 이만저만 걱정이 아니라네.

경수 장례 비용에 보태 쓰세요.

명자 그래, 돈이 생겼으니 내일 당장 병원에 가야겠네. 우리 딸 수술 잘 해달라고 단단히 부탁을 해야겠어. 이렇게 당당하게 돈을 내 보이면서 말이야.

경수 이만 가보겠습니다.

명자 아무리 법적으로는 남남이라 해도 인연이라는 게 그렇게 쉬 끊 어지는 게 아니지. 같이 한솥밥 먹은 세월이 어디 가겠나. 미운 정이 있으면 고운 정도 있는 법이지. 나중에 우리 딸이 퇴원해서 오면 꼭 자네한테 고맙다고 전화라도 넣으라고 함세.

경수 다시 오겠습니다.

경수, 일어난다.
경수와 은실, 잠시 서로 바라본다.

경수 (은실에게) 와 있었구나. 소식은 들었다.

은실 …….

경수 서둘러 오느라고 온다는 게, 좀 늦었다…….

은실 (무언가 말을 하려고 하지만 입이 떨어지지 않는다)

무슨 말을 하려다가 서로 그만 둔다.
경수, 겨우 돌아서 나간다.
은실, 잠시 말없이 서 있다가, 급히 경수를 뒤따라 나간다.
명자도 안타까운 표정으로 따라 나선다.
문간에서 멈추어 선다.

고개를 빼고 경수의 뒷모습을 내다본다.

명자 (무심한 독백) 복희야, 니 서방 다녀갔다. 어디서 뭐 하느라고 이렇게 안 오고 있니. 지 서방 다녀간 것도 모르고 어디서 뭐 해.

어쩔 수 없다는 듯 문가에 쪼그리고 앉아 담배를 피워 문다.
담뱃재가 다 떨어질 때까지 한 번도 재를 털지 않고 그저 들고 있다.
담배 연기 서서히 피어오르고
연기 속에 무표정한 명자의 모습이 아련해진다.

복희가 밤이 든 소쿠리를 들고 등장.
천연덕스럽게 명자 옆에 와 앉는다.
피우는 것도 잊어버리고 그저 들고 있는 명자의 담배를 꺼준다.

복희 어머니, 밤 까야지.

명자는 꿈인지 생시인지 구별도 못한 채 복희에게 이끌려
몇 달 전의 어느날로 거슬러 올라간다.

3. 가슴에 묻은 세월

몇 달 전.
명자와 복희, 제사 준비를 하고 있다.
밤도 까고 전도 부치고 나물도 무친다.

복희 아주 오래 전이네.

명자 벌써 60년이지. 어쩌면 오는 길을 잊었을지도 모르겠다.

복희 아버진 어디 계실까. 가끔 그런 생각이 들어요. 어디쯤 가고 계
     실까. 혹시 가도 가도 끝없는 길 위에 서 계시는 건 아닌지, 그런
     생각 말이에요.

명자 내려놓아야 하는데. 세상의 모든 짐을 내려놓았으면 편안한 쉴
     자리를 찾았을 테고 아직도 내려놓지 못했으면 어딘가에서 떠돌
     고 있을지 모르지.

복희 난 그날 아직도 생각나요. 아버지 돌아가시던 날.

명자 아버지도 우리도, 다른 세상으로 밀려난 날이었지.

복희 대체 그날 아버지가 왜 그렇게 화가 나셨던 거에요?

명자 어찌 말로 다 하고 살겠니. 그냥 묻어 두자. 아버지 명이 거기까
     지였는가 싶다.

복희 겨우 다섯 살인가 여섯 살인가 그렇게 어린 꼬맹이가 술 취한 아
     버질 찾아나서곤 했었죠. 그날도 어딘가에서 취해 있을 아버질
     찾아 아버지 단골 술집을 둘러보고 있었는데.

두 사람, 밤을 까다말고 무대 다른 쪽을 바라보면
해방 후 몇 년이 지난 어느날로 돌아간다.

초라한 술집.
남자들 몇이 술에 취해 있다가 서서히 주먹다짐이다.
어린 복희가 아버지를 부를까 말까 망설이다
끼어들 자리를 찾지 못해 그냥 구석에서 보고 있다.

영식 야, 이제 그만 가자. 오늘은 찾으러 오기 전에 가야지. 마누라가
        딸년 보내 찾으러 다닐 때가 된 거 같은데.

남자1 마누라가 그렇게 무섭냐 이놈아.

남자2 서방한테 잔소리 해대는 마누라 같은 건 흠씬 패서 내쫓아버려.

영식 그만 가자. 너무 마셨나 봐. 어지러운 게 죽겠다.

남자1 그깟놈의 마누라, 에이 더러워. 나 같으면 안 산다. 어딜 감히 오
        라 마라 바가지를 긁어대. 지 주제도 모르고.

남자2 이 자식은 밸도 없다니까. 일본놈들한테 몸 다 버리고 만신창이
        가 된 걸 마누라라고 데리고 사냐. 미친놈. 속도 없는 놈이지.

영식 뭐야? 야, 이 자식아 너 말 다 했냐?

남자2 내가 틀린 말 했냐? 니 마누라 일본놈들 위안부 하던 거 온 동네
        서 다 알어 임마, 알면서도 모른 척 하는 거지. 세상에 비밀이 어
        딨냐.

영식 너 봤냐? 니 눈으로 봤어? 어느 놈이 그런 소릴 해. 니들이 봤냐
        구 이 개새끼들아.

남자1 아 이 사람아. 그만들 해.

남자2 야, 말이야 바른 말이지, 아닌 말 했냐? 내가 없는 말 했어? 그
        말 한 사람이 누구냐? 니가 니 입으로 우리한테 그랬잖아. 니 마

누라랑 잘려면 마누라가 일본놈들하고 그 짓거리 하던 거 생각 나서 마누라 그냥 때려 죽이고 싶다고, 니가 그랬잖아.

영식 휴, 내가 모자란 놈이지. 아무리 그래도 이 자식들아, 니들더러 그걸 동네방네 다 소문내고 나발 불고 다니라고 그랬냐. 그래도 나는 니들을 친구라고 믿었다. 하두 속상해서 한마디 한 걸 온 동네에 짜하니 소문내고 말이야. 내가 다 알면서도 참고 모르는 척 할려고 했는데 지 입으로 먼저 말해? 이 새끼들 내 가만 안 둔다.

남자2 솔직히 우리 마을에 그런 여자 있다는 거부터가 수치스럽다. 하 필이면 여자가 없어서 그런 여자를 데리고 오냐. 이놈아.

남자1 아, 그만들 해. 다 지난 얘기는 해서 뭘 해.

영식 너더러 데리고 살라고 했냐? 내 마누라 내가 데리고 산다는데 니들이 왜 참견하고 지랄이냐고.

남자2 그러니 가서 한바탕 해라, 이 자식아. 그 짓거리 하는 게 전문이 니 오죽이나 잘 하겠냐. 가 자식아. 우리끼리 한 잔 더 할 테니까 너는 먼저 가서 마누라 품 안에서 잘 해봐.

영식 이 자식이, 너 정말 나쁜 놈이구나. 너 오늘 나한테 죽어봐라.

남자1 그만 가게. 그만 두고 가라니까. 다들 너무 취했어.

영식 야, 내 마누라만 몸 버렸냐? 우리는 놈들한테 뭘 그렇게 당당하 게 했는데? 오늘 살아남은 것들, 다 몸 팔고 정신 팔고 개새끼 처럼 놈들 발바닥 밑에 납작 엎드려서, 그렇게 해서 살아남은 거야. 우리가 어디 놈들한테 얼굴 똑바로 들고 제대로 된 소리 바른 말 한마디라도 해봤냐? 조선 사람으로 정신 차리고 할 말 하면서 산 사람들은 다 죽었어. 마음이고 정신이고 그런 건 송 두리째 내던지고 우린 몸만 살아남은 거야. 누가 누구를 손가 락질 해.

남자2 이 자식이 오늘 아주 실성을 했나, 너 그렇게 잘났으면 왜 누구처럼 폭탄 들고 놈들한테 덤벼들지 못했냐? 그렇게 잘난 놈이 왜 독립운동은 안 했냐구.

영식 그래, 나 그렇게 못했다. 죽으라면 죽는 시늉까지 하면서, 그래서 이렇게 살았다구. 일본놈 녹을 먹은 앞잽이들이나 그 밑에서 병신처럼 놀아난 놈들이나 벌레처럼 살아남은 놈들이나 우린 모두가 똑같이 비겁한 놈들이야.

남자1 그만 하자. 자네 그만 들어가. 내일 다시 만나자구.

남자2 아무리 그래도 일본놈들한테 갈보짓 한 거랑은 다르지. 너 참 대단한 놈이다. 그런 마누라 끼고 사는 거 보면, 퉤, 에이 드러워. 빨리 가서 잘난 마누라 치마폭에 들어가 푹 쉬어라. 우린 한 잔 더 하고 갈테니.

영식 이 자식 정말 나쁜 놈이구나. 넌 오늘부터 내 친구도 아니고 뭣도 아니다, 자식아.

영식과 남자2의 심한 몸싸움 끝에
영식이 쓰러지는 돌발적인 사고로 이어진다.
놀란 남자들 슬금슬금 달아나고
어느결에 복희가 젊은 명자를 끌고 달려온다.

명자 이봐요, 정신 차려요. 정신 차리고 눈 좀 떠봐요.

영식 아, 이쁜 내 마누라가 왔군.

명자 복희야, 얼른 가서 아저씨들 좀 불러 와, 아버지 다 죽게 됐다구 얼른 달려가서 동네 아저씨들 데리고 와. 이봐요, 정신 좀 차려요.

•

겁에 질린 복희가 뒤돌아서 나가고.

영식   나쁜 자식들.

명자   정신 차려요. 나 보여요? 눈 좀 떠보라니까요.

영식   당신, 우리 처음 만났을 때 생각나?

명자   눈 좀 뜨고, 얼른 나 좀 봐요. 마누라 얼굴 좀 보라구요.

영식   만주에서 다 죽게 생긴 걸 무작정 데리고 나왔지.

명자   그래요, 정신 놓지 말고 무슨 얘기라도 해봐요.

영식   당신, 보따리장수로 드나들던 내가 조선 사람이라는 거 하나 믿고 죽기 살기로 매달렸잖아. 살려달라고, 나 좀 데리고 나가라고.

명자   당신 아니었음 애하고 죽었을지도 모르죠.

영식   당신 데리고 나올 때 내가 목숨 걸었던 거 알어?

명자   그럼요, 걸리면 우린 둘 다 황천길이었죠. 당신이 중국인 행세하면서 겨우 겨우 어려운 길을 빠져나왔죠.

영식   당신이 어린 나이에 거기서 그러고 있는 거, 무작정 구해주고 싶었는데. 나 정말 당신이 좋았어. 그래서 죽을 각오를 했었지.

명자   이를 어째, 피가 너무 많이 나요.

영식   마침내 탈출에 성공했을 땐 정말 새로 태어난 것 같더군.

명자   복희는 왜 이렇게 안 온담.

영식   복희…… 그래, 복희. 복 많이 받고 행복하게 살라고 복희, 이렇게 이름까지 짓고나니 난 정말 그애의 친아버지가 된 거 같았어. 그때부터 복희는 내 딸이고 당신은 내 아내가 되어버렸지. 우린 죽음을 이기고 살아남은 진짜 가족이었으니까.

명자   왜 이렇게 했어요. 순해빠진 양반이 싸움질을 다하고.

영식   그런데, 그런데 이상하게 난 항상 괴로웠어. 당신이…… 보기도 싫었어.

명자 당신 맘은 그렇지 않다는 거, 알고 있었어요.

영식 술기운 빌어서 당신 숱하게 때렸지, 그러고나면 그게 또 괴로워서 술을 퍼마시고.

명자 당신이 그렇게 원하던 아이도 낳지 못했고…… 고울 턱이 없었죠.

영식 그깟 애가 뭐라구. 그치만 난 정말 내 아이가 갖고 싶었어. 내 살과 피를 받은 아이가 태어난다면, 진짜 내 자식인 작은 아기를 만져볼 수 있다면 난 정말 좋은 사람으로 제대로 살 수 있을 것만 같았어. 막연히 그런 희망과 기대가 있었어. 부질없는 꿈이었지만.

명자 알아요. 내 잘못이에요.

영식 당신 거기서 나왔어야 나하고 사는 동안, 몸으로 마음으로 고생하고 산 건 마찬가지지.

명자 과거를 아는 사람이랑 산 게 잘못이지. 그걸 알고서야 어떤 남자가 아무렇지 않은 척 살 수 있어요. 당신이니까, 당신이 좋은 사람이니까, 그래도 이만큼 살았죠.

영식 당신 모습이 자꾸만 그놈들이랑 겹쳐져서 난 제정신으로는 당신을 도무지 볼 수가 없었어. 난 나쁜 놈이야. 당신한테 그놈들만큼이나 죄를 지었어.

명자 다 잊어요. 그만 다 잊어요.

영식 복희한테도 잘해주지 못했어. 불쌍한 년. 당신이 내 몫까지 잘해줘. 복희, 내 딸이잖아. 하나밖에 없는 내 핏줄이잖아.

명자 그래요, 당신 딸이죠. 당신 딸…….

영식 당신 좋은 여자야. 내 분에 넘치는 여자야, 그거 잘 알고 있었는데도…….

명자 이봐요, 정신 차려요. 난 다 알아요. 당신 맘이 시커멓게, 나만큼
이나 시커멓게 타들어 가고 있다는 거, 다 알고 있었어요. 당신,
좋은 사람이에요.

복희와 마을 사람들 달려온다.
영식, 명자의 품에서 숨을 거둔다.
복희, 갑자기 훌쩍 커버린 듯, 울지도 않는다.
명자, 영식을 그저 안고 멍하니 있다가 엎드려 숨죽여 운다.
무너져내린다.
서서히 어두워진다.
길고 긴 어둠.
갑자기 전쟁의 총격소리가 시작된다.
6.25다.
어둠 속의 음향만으로 전쟁을 치른다.

그리고
잠시 정적.
제삿날로 돌아와 현재에 조명.
더 초라한 행색의 어린 복희가 애처롭게 엄마를 찾으며 무대 한 켠
에 여전히 서 있다.
그 소리는 현재에 들리지 않는다.

명자 6.25 전쟁통에 너를 잃어버렸지.
복희 거지처럼, 아니 말 그대로 거지가 되어 세상을 떠돌았어요.
명자 악착같은 전쟁을 치르고 간신히 헤어 나왔는데…… 또 다시 전
쟁이더구나.

복희 빌어먹고 훔쳐 먹고 도망치고 잡히고 맞고 때리고…… 생지옥이 었어요.

명자 너를 만나다니. 너를 만난 게 꿈만 같다.

복희 어머닐 찾으려고 그렇게 애를 썼지만 도무지 어쩔 수가 없었어요. 고아원에 몇 년 있으니 다 컸다고 쫓겨났죠. 밥만 먹여주는 집 식모살이에 여기저기 식당에서 일하다가…… 결국 막다른 길까지 떠밀렸을 때, 몸뚱이 하나밖에 가진 거 없는 여자가 팔 수 있는 건, 바로 그 몸뚱이밖에 없대요.

명자 네 잘못 아니다. 널 잃어버린 에미 탓이야. 너를 찾으려고 무진 애를 썼는데 이렇게 세월이 다 흐른 다음에야 만나다니.

복희 이렇게 늦게…….

명자 잊자. 과거는 다 잊고 우리 남은 날이나 서로 의지하고 잘 살자.

복희 그래도 어머니 만나 다행이에요. 다행이야. 어머닐 만나서 참 좋아요.

어린 복희, 흐릿한 미소를 지으며 비로소 사라진다.

명자 그래, 우리 잘 살 수 있어. 잘 살 수 있을 거야.

복희 그런데…… 그런데 우리, 얼마나 그럴 수 있을까. 얼마 동안이나 같이 살 수 있을까.

명자 그런 소리 마라. 그리고 이젠 제사 같은 거, 그만 지내야 할까 보다. 제사 지낸 지 올해가 꼭 60년이다. 세월이 많이 지났어.

복희 그러지 마요. 내가 곧 아버지를 만나러 갈 텐데, 내가 가면 아버지랑 같이 손 잡고 어머니 보러 올게요. 우리 서로 잊지 말아요. 잊혀지는 거, 서러울 거 같애. 나중에 우리를 기억해줄 사람이 아무도 없게 되면, 그럼 할 수 없지만 그 전까지는 어머니가 우릴 기억해 줘요. 너무 외로웠어, 그동안 정말 죽고 싶게 외로웠어요. 이젠 어머니가 우릴 기억해줘요.

명자　니가 그런 마음 먹는 거 무서워서 아버지 제사도 그만 지내려는 거야. 에미 남겨두고 자식이 먼저 가는 거 아니다. 나 혼자 남겨두지 마라. 제발 그러지마. 수술만 하면 고칠 수 있어. 요즘 암 수술 같은 거 일도 아니잖아.

복희　난 항상 그런 생각 했었어요. 사람에게는 수라는 거, 이미 다 정해져 있다는 생각, 아버지는 그렇게 젊어서 가셨는데 이만하면 난 오래 살았지 뭐. 어차피 기를 쓰고 난리쳐도 결국은 죽게 될걸. 수술하고 고생하고 그럴 거 뭐 있어요. 이게 내 몫이구나 하고 받아들이는 거지. 이만큼 살라고 주어졌구나 하고, 가는 날까지 조용히 사는 거, 그게 사람 도리지 싶어요.

명자　너 니 딸 만나야잖아. 그렇게 평생을 그리워 하다가 아직도 못 만났는데 죽는다는 말이 나와?

복희　은실이, 그애가 내 발목을 잡지. 내가 여기 안 떠나는 거 은실이 때문인데, 언젠가는 그애가 나 찾아 이 동네 다시 오지 싶어서 말예요. 엄마, 인정리 떠나지 마. 그 어린 게 그러고 떠났는데, 그런데 왜 아직 안 오지. 여길 잊었을까.

명자　조금만 더 기다리자. 꼭 올 거야. 기운내서 조금만 더 기다려. 은실이가 눈에 밟혀 떠날 수도 없으면서 왜 그렇게 마음에도 없는 소릴 해.

복희　사실은 그래요, 나 암 같은 거 겁나지 않아요. 내가 어떻게 살아왔는데 그까짓 암따위를 못 이기겠어. 대대 병력이 온다 해도 난 두렵지 않아요. 내가 어떻게 살아왔는데 그깟 암 같은 게 감히 날 어째. 나를 지나간 미군놈들이 몇인데, 내가 견뎌낸 미군놈들이 몇인데…… 헤아릴 수도 없이, 끔찍하게 많지. 나는 암 따위

무섭지 않아요.

명자 그럼, 넌 다 이겨낼 수 있어.

복희 난 세상에 무서운 거 아무 것도 없어요. 내가 무서운 사람은 세상에 딱 한사람, 우리 은실이뿐이에요. 세상에서 제일 무서운 거는 나 죽기 전에 우리 딸 얼굴 한 번 못 보고 죽는 거, 그거뿐이야. 우리 은실이, 혹시 죽지는 않았겠지.

명자 그런 말 마라. 세상에서 가장 모진 게 목숨이다. 세상에 한번 나온 목숨이 그렇게 쉬 죽는 법은 없다.

복희 그래, 설사 내가 못 보고 죽는다 해도 괜찮아요. 그애가 잘 살고 있다면, 그럼 난 죽어도 좋아요. 그런데 혹시나, 혹시나 말이야. 우리 하나밖에 없는 딸이 불행하게 살고 있다면 그럼 어쩌지.

명자 그럴 리는 없다. 그런 생각은 하지도 마.

복희 만일 그렇다면 난 하나님하고 정말 맞짱 한번 뜰 거야. 하나님이구 뭐구 그냥 두지 않을 거야. 내가 무슨 죄를 지었느냐구, 그렇게 진을 빼냈으면 내 딸만큼은 살게 해줘야지, 아무리 하나님이래도 그건 정말 경우가 아니잖아. 그렇지 어머니. 그런 하나님이라면 진짜 하나님도 아니지. 그런 하나님은 엿이나 바꿔 먹으라지.

명자 하나님은 좋은 분이라구 하드라. 세상에 과부랑 고아가 제일 불쌍하다고 그러셨대. 애초에 우리 같은 사람 위해서 오셨다드라.

복희 설마 부자들만 믿으라는 하나님은 아닐 테지. 그렇겠지. 하나님, 제 딸 지켜주실 거죠. 어딘가에 잘 살고 있는 거 맞죠. 내 딸이 갚아야 할 죗값 같은 건 이젠 없는 거죠. 혹시라도 아직 남은 게 있다면 저한테 모두 주세요. 제가 다 지고 갈게요. 그애만큼은 제대로 살게 해주세요. 만나지 못해도 이 세상 어딘가에 살아있기만 하면, 그걸로 족해요. 우리 딸 지켜주세요. 저는 이제 더 이상 버틸 수가 없어요.

명자   이러지 마라. 제발 이러지 마. 호랑이한테 물려가도 정신만 차리면 산다고 했다. 은실이 만날 때까지 우리 정신 놓지 말자.

전화벨 울린다.

명자   웬 전화라니. 여보세요. 아, 네. 제가 김명잔데요. 네. 그런데 지금은 좀…… 아니, 아니에요. 아무 때나 좋아요. 네, 그럼 지금 오세요. 그런데 그거…… 그거는 진짜죠? 네, 제가 좀…… 어려워서요. 사정이 너무 급해서요. 네. 감사합니다.

복희   무슨 전화를 그렇게 어렵게 받아요?

명자   별 거 아니다. 복지관에서, 그 취로사업이랑 생활보호대상자 뭐 나눠준다는 거 그거다.

복희   복지사 이 선생이에요?

명자   아니, 하여튼…… 그래, 뭐 별거 아니다.

복희   어머니, 나한테 뭐, 숨기는 거 있어요?

명자   아니다. 그럴 게 뭐가 있어. 아이고 이러다 세월 다 가겠다. 얼른 제사상 차리자.

두 사람 주섬주섬 제숫감을 정리한다.
딩동, 벨이 울린다.
잠시 당황하던 명자, 결심한 듯 단호한 표정으로
밖으로 나간다.

4. 위안부 가는 길

명자의 증언.
평화로운 시냇가 풍경.
명자와 소녀들 빨래터에서 재잘거리며 빨래하고 있다.

아, 날씨 참 좋다. 꽃도 피고 새싹도 나오고 나무에도 물이 오르고.
처녀가슴도 싱숭생숭하고.
난 요즘 봄비 내리고 저 산마루에 안개가 차르르 돌려 쌓이면 아주 몸살나 죽겠다.
왜 아니냐, 서울 간 이웃집 오라버니 생각도 나고.
그래, 감나무집 오라버니 말이지?
명자 짝사랑하던 오라버니, 참 잘도 생겼었지.
우리 동네서 그 오라버니 안 좋아한 사람 있었니 어디.
그런 집에서 태어났으면 얼마나 좋았을까. 그 집 언니도 이번에 일본으로 공부하러 간다든데.
나도 공부 좀 배웠으면.
우리 아버지는 야학이라도 좀 나갈라치면 막대기 들고 쫓아온다, 저번에 한 번 나갔다가 아주 맞아 죽을 뻔 했다.
아, 먼 데로 가서 돈이나 벌까.
돈 벌어서 공부도 맘껏 하고.

고운 옷 한번 입어 봤으면.

날마다 나물 뜯어다 풀죽 쑤어 먹는 것도 정말 지겹다.

우리집에선 저 먼 데로 민며느리 가랜다. 신랑감이 여덟살이래. 열여덟이 아니고 그냥 여덟 살, 먹는 입 하나라도 줄이자는 건데 종살이지 뭐. 거기 간들 별 수 있겠니, 여기서랑 똑같이 풀죽이나 쑤겠지.

우린 아버지 약값 때문에 빚 얻어 쓴 게 불어나서 옴짝달싹 못하게 됐어. 난 돈만 벌 수 있다면 어디라도 갔음 좋겠다. 내가 그래도 큰딸인데 공연히 죄스러워. 이만큼 컸는데 아무 것도 못 하고.

우리 사는 거, 정말 이게 다일까.

우린 아무 희망도 없는 걸까.

우리 모두 여길 떠날까.

잠시 공상에 잠기는 소녀들.

난 아무 데도 안 갈 거다, 여기서 살 거야. 가난해도 우리 고향 마을이 제일 좋지. 여기서 착한 신랑 만나서 아들 낳고 딸 낳고 알콩달콩 살아야지. 아, 빨리 시집가고 싶다.

그래, 맞아. 나도 그렇게 살 거다. 신랑이랑 옥수수 심고 감자 심고, 밭 매면서 오래 오래 행복하게 살 거다.

해 뜨면 남편 위해 상 차리고 해지고 깊은 밤이면 남편 품에 폭 안겨서 잠들어야지.

누구 신랑이 더 일 잘하는지

누구 아이가 더 잘 크는지

우리 날마다 여기 모여 수다 떨면서 그렇게 살자.

우리 아무 데도 가지 말고 여기서 오래오래 다 같이 살자.

행복한 공상에 빠져 까르르 웃어대는 소녀들 앞에
일본 순사와 조선인 앞잡이들이 등장.
소녀들을 하나씩 끌어다 한쪽에 물건처럼 던져 넣는다.
놀란 소녀들은 끌려가지 않으려고 발버둥친다.

야, 너희 아버지 저기서 기다린다, 얼른 오랜다.
너 공부하고 싶다고 했지.
가난은 이제 끝이야.
나물 같은 건 고만 뜯어도 돼.
공장 가면 진짜 돈 많이 벌 수 있다.
아버지 약값도 벌어야지. 그래야 효녀지.
우리 따라가면 너희들 일 할 데 많다.
돈 벌어서 예쁜 옷도 해 입고 말이야, 이쁜 처녀가 다 떨어진 거
입고 뭐야 그게.
늬 아버지한테 벌써 다 얘기 해 놨다.
잔소리 말고 어서 이리 와.

갑자기,
광포한 트럭 소리.
사이사이 소녀의 가느다란 울음소리 들린다.
안개가 점점 짙어지면서 소녀들의 울음소리도 점점 커진다.
그러다
두려움에 가득한 울음소리가 억눌리듯 서서히 사그라들면서
더욱 심해지는 소녀들의 비명과 울음이 뒤섞인 아우성의 몸짓만 보

일 뿐
아무 소리도 들리지 않는다.
남자들, 트럭 소리와 함께 소녀들을 끌고 나간다.
시냇가에는 흩어진 빨랫감과 빨래그릇들.
트럭 소리 사라지고 나면
시냇물 소리, 불현듯 평화롭게 졸졸졸 들려온다.

5. 그때 그곳에서

일장기와 욱일승천기가 무대 배경으로 크게 비치고
위안소가 설치된 장소들이 여러 위안부 소녀들의 목소리로 뒤섞여
서 끝없이 들린다.

중국, 길림, 훈춘, 봉천, 천진, 남경, 항주, 광동
일본, 히로시마, 오사카, 큐슈, 도야마, 시즈오카, 아오모리, 오키나와
홍콩, 대만, 필리핀, 마닐라, 싱가포르, 사이공
말레이시아, 인도네시아, 태국, 버마
아까아부, 만다레, 뿌로무, 랑군, 아유타야, 파라오
라바울, 보루네오, 수마트라, 자바……

소리를 배경으로
일본군인들이 순식간에 위안소를 설치한다.
한 사람이 겨우 누울 정도의 작은 공간을 칸막이로 나누어 나란히
세우면
여자들이 한 칸에 한 명씩 들어간다.
남자들이 줄을 서고
여자들의 고통스러운 몸짓이 이어진다.
남자들의 수를 하나, 둘, 셋…… 서른까지 헤아리는 소리가 들려
온다.

처음에는 저항의 몸짓에서 수를 넘어갈수록 완전히 널부러지기까지
만신창이가 되어가는 여자들이 점점 깊은 어둠 속으로 가라앉는다.

완전한 침묵 속에서
아무도 도와주지 않는
극도의 고통.

한참 후.
어둠 속에서 기어가듯 조용히 움직이는 여자가 보일 듯 말 듯
어둠 속에서 길을 찾지 못하고 헤매는 여자가 또 하나
다들 어둠 속에서 길을 찾아 헤맨다.
갑자기 켜지는 불빛
여자들, 놀라 우왕좌왕하는 가운데
커다란 둥근 조명 안으로 여자들 밀려 들어간다.
조명이 점점 작아지고
여자들 좁은 원 안으로 점점 밀려 들어간다.
그 중 한 여자 용기를 내어 원 밖으로 달려 나간다.
곧 이어 풍덩, 하고 바닷물 속으로 빠지는 소리.
그 위로 총격소리.
또 다른 여자가 다시 원 밖으로 살금살금 나간다.
과도한 총격소리.
남은 여자들이 아주 작은 원 안으로 완전히 들어가면
일본군인들의 심한 폭력이 행해진다.
작은 몸뚱이들을 군화발로 밟고 사정없이 칼로 찌르고 가슴을 도려
내고
목에 칼과 총을 들이댄다.

임신한 여자에게 강제로 주사를 놓는다.
고통에 몸부림치고 하혈하는 여자.

여자　(신음하듯 작은 소리) 나쁜놈들. 내 아기를 죽였어. 내 아기, 세상
　　　　구경도 못하고 어둠 속에서 죽었어.

　　　　다시 발길질.
　　　　쓰러지는 여자, 여자들.
　　　　이 모든 과정은 소리 없이
　　　　마임과 안무를 통해 이루어진다.
　　　　다만 총소리만이 음악처럼 박자라도 맞추듯 들려온다.
　　　　고통을 못 견디고 감시의 눈을 피해 자살하는 여자들이 줄을 잇는
　　　　다.
　　　　목을 매다는 여자.
　　　　소독약을 원액으로 마시는 여자.
　　　　양잿물을 마시는 여자.
　　　　죽은 그들을 부둥켜 안고 넋이 나가는
　　　　남은 여자들.
　　　　고통의 시간들이 지나고나면
　　　　모두들 넋이 나간 표정의 자포자기한 분위기의 여자들이 된다.
　　　　남자들은 여전히 줄을 서고
　　　　여자들은 이제 더 이상 숫자도 헤아리지 않는다.

　　　　그 중의 한 여자가 앞으로 기어나온다.

명자　제 이름은 김명자, 위안소에서 이름은 아끼꼬입니다. 열일곱 살

이 되던 1942년 마을 이장의 신고로 처녀공출로 끌려갔습니다. 만주 훈춘지방에서 1945년까지 있다가 출산을 하게 되어 목숨을 걸고 위안소를 탈출했습니다.

어두워진다.

다시 밝아지면 현재.
힘겨운 표정의 명자와 구술 내용을 열심히 적고 있는 조사원.

명자 이제 그…… 위안부 등록이 다 된 건가요?

조사원 애쓰셨어요. 힘드셨을 텐데.

명자 저…… 혹시 언제쯤 그…… 돈을…… 받을 수 있나요? 제가 좀 급해서요. 우리 딸이 많이 아파요. 빨리 수술을 받아야 해요.

조사원 네, 최대한 빨리 처리하겠습니다.

명자 (어지러운 듯 머리를 감싸쥔다)

조사원 할머니, 괜찮으세요?

명자 그때 맞아서 고막이 나갔는데 거기서 온종일 소리가 들려요. 어지럽고 정신 사납고 잠도 못 자고…… 이래저래 시달리다 보면 이 몸뚱이를 이제 그만 벗어버리고 싶지요.

조사원 마음을 편히 가라앉히세요. 할머니는 아무 잘못 없으세요.

명자 이렇게 다 말하다니…… 평생 묻고 살아온 세월을…….

조사원 그 모든 걸 견디고 살아오신 거 대단하신 거에요.

명자 살아서 내 고향땅으로 돌아가야지, 그 생각 하나로 버텼지요.

〈타향살이〉 나지막하게 들려온다.

타향살이 몇 해던가 손꼽아 헤어보니
고향 떠난 십여 년에 청춘만 늙고
부평 같은 내 신세가 혼자도 기막혀서
창문 열고 바라보니 하늘은 저쪽
고향 앞에 버드나무 올 봄도 푸르련만
버들피리 꺾어 불던 그때는 옛날

6. 개 같은 내 인생

다시 명자와 복희.
복희는 머리가 많이 빠져 머릿속이 휑하다.
복희, 어렵사리 뜨개질을 하고 있다.

명자 사람들을 보면 늘 그런 생각을 하지. 저 사람들 사는 건 나 같지
    않겠지. 한바탕 악몽을 꾼 것 같아. 어떻게 그 지옥을 견디고 지
    금 이렇게 살아있는지 믿어지지가 않아.

복희 어머니, 6.25 때 나랑 헤어진 후에는 어떻게 살았어요.

명자 사는 게 사는 게 아니었지만 너 찾으려는 생각에 악착같이 버텼
    다. 험한 일 아무 거나 다 했지. 그러다 어느 식당에서 좀 오래
    있었는데 주인 아줌마가 시름시름 앓더니 죽었다. 그래서 그냥
    그 집 영감이랑 살게 됐는데, 어째 그동안에는 안 생기던 애가
    덜컥 생겼다. 영감은 곧 죽었지만, 그래도 그 영감 덕에 아들 하
    나 생겨서 좋아라 했지.

복희 세상에, 내 동생이 있었구려.

명자 죽을 고생 하면서 그애 가르쳤다. 고등학교까지 나왔지.

복희 그래 지금 어디 살아요? 이름은 뭐에요?

명자 현식이. 정말 착한 아이였다. 학교 졸업하고 회사 착실하게 다니
    면서 결혼도 하고 잘 살았지. 그때는 정말 기쁘고 흐뭇했다.

복희 어머니, 정말 좋아요, 나한테도 동생이 있다는 게…… 현식이,

현식이.

명자　그런데 얘가 서른 중반이 넘어가면서 조금씩 이상해지기 시작했다. 멀쩡하다가도 불현듯 정신이 나가면 딴사람이 되는 거야. 그렇게 몇 차례 난동을 부리니까 회사도 못 다니게 되고, 며느리도 애 데리고 나가버렸지.

복희　대체 왜 그런 거래요.

명자　끔찍하다.

복희　대체 왜 그런 일이.

명자　모두 내 업보야.

복희　그게 무슨 말씀이에요.

명자　난 정말 내 인생을 모르겠다. 첩첩산중으로 한없이 걸어 들어가는 게 내 인생인 거 같아. 겨우 벗어나면 더 깊은 산이 앞을 가로막고 겨우 겨우 벗어나면 또 어두운 산이야.

명자가 정신이 없는 표정으로 무대를 가로질러 간다.

복희, 그런 명자를 안타깝게 바라본다.

명자, 과거의 어느날로 간다.

정신병원, 의사의 방.

의사와 마주앉은 명자, 근심걱정으로 가득 차서 초췌하다.

의사　당장 입원해야 됩니다. 장기적인 치료가 필요합니다.

명자　선생님, 그럼 언제까지 여기 있어야 하나요?

의사　좀 오래 걸릴 것 같습니다.

명자　오래라면, 얼마나.

의사　어쩌면 영영 못 나갈 수도 있습니다.

명자　선생님, 그건 그래도, 그래도 설마 무슨 방법이 있겠지요. 정말 착한 아인데요. 여태까지 아주 얌전하고 착실하게 잘 살아 왔습니다. 그런데 대체, 우리 애가 왜 갑자기 저러는가요?

의사 좀 짚이는 데가 있기는 합니다만.

명자 예? 그럼 원인을 알 수 있나요? 말씀해주세요.

의사 글쎄, 좀 말씀드리기가 뭣해서.

명자 말씀해주세요. 부탁입니다.

의사 혹시, 어머니께서 과거에 매독 같은 병에 걸리신 적이.

명자 네?

의사 실례지만 혹시 그런 병에 걸린 적이 있으신가요?

명자 그런, 말씀을.

의사 치료를 위해서 정확한 원인 규명이 중요합니다. 말씀해주세요.

명자 …….

의사 어려우신 줄 압니다.

명자 실은…… 일제시대 때…… 중국으로 끌려가서…….

의사 혹시 위안부.

명자 네, 거기선 그런 병이 안 걸릴 수가 없지요.

의사 치료를 완전히 하셨나요?

명자 606호 주사를 맞았지요. 그래서 다 나은 걸로만 알고 있었습니다.

의사 아마 완전히 치료가 되지 않았을 겁니다. 매독 균은 아주 강해서 한번 몸 안에 들어오면 오랜 시간이 지난 후에도 자식에게 옮아갈 수가 있습니다.

명자 약이 하두 독해서 주사 맞고 죽다 살아났는데요. 그래서 그렇게 독한 약이면 병이 다 나았을 걸로만 알았지요.

의사 그 당시에는 나았다가 나중에 다시 걸렸을 수도 있구요.

명자 몰랐어요. 그렇게 무서운 병인 줄 몰랐습니다.

의사 아드님의 경우는 그동안 잠복해 있다가 좀 늦게 나타난 경우입니다.

명자 그래도 그래도 설마, 우리 아들을 고칠 수는 있겠지요?

의사 최선을 다하겠지만, 사실 좀 어렵습니다.

명자 살려주세요. 선생님. 제발 살려주세요, 저렇게 젊은 놈이 어떻게 이렇게 병원에 갇혀서 평생을.

의사 일단 돌아가세요. 입원해서 있는 것 말고는 특별한 방법이 없습니다. 원인이라도 알았으니 그나마 다행입니다.

의사, 퇴장하고 혼자 남겨진 명자.
작은 불빛 안에 웅크린 모습이 초라하고 비참하다.

명자 씻고 씻고 또 씻어도…… 어쩔 수가 없어. 온몸에서 나는 이 썩은내, 더러운 냄새를 없앨 수가 없어. 그렇게 긴 세월이 흘렀건만 난 아직도 그 지옥 속에서 헤매고 있지. 그 악마들의 지독한 냄새가 내 몸에 배어 있어. 그래도 씻고 있는 동안에는 가느다란 희망이라도 붙잡고 있는 셈이거든. 이 냄새만 사라지면 그놈의 불면증에서 벗어나 잠을 잘 수 있을지도 모르지. 죽기 전에 한번만이라도 편히 잠들어 봤으면.

의사 (목소리) 어쩌면 영영 못 나갈 수도 있습니다.

명자 불쌍한 현식이. 대체 어떻게 해야 내 죄를 하얗게 씻어낼 수 있을지. 내 아들, 현식이. 현식이 좀 살려주세요.

점점 어두워지는 가운데 빗소리 들리기 시작한다.

명자 (꿈 꾸듯) 비가 오는구나. 장하게도 내리는구나. 아직 큰 비 올 때는 아닌데. 우리 현식이가 우산도 없이 나갔는데 어쩌지. 우산을 갖다 줘야 하는데. 그런데 언제쯤 나가야 하는지, 그걸 통 모르겠어. 애야, 에미한테 연락 좀 해주련? 어머니, 우산 좀 가지고 나오세요, 그래 곧 나갈 테니 어디 가게 앞에라도 잠시 서서 비를 긋고 있으렴.

불빛 점점 사라지면서 완전한 어둠.
잠시 후, 어둠 속에서 명자의 비명이 들리면서
놀란 듯 불이 갑자기 들어온다.
환자복 차림의 현식이 칼을 들고 명자를 겨누고 있다.

현식　다 알고 왔어. 내 인생을 이렇게 망쳐 놓았으니 이제 어떻게 할 거야. 엄마? 오호라, 엄마. 당신이 엄마란 말이지? 세상에 이런 원수가 내 엄마란 말이지? 엄마란 사람이 아들 인생을 이렇게 짓밟아도 되는 거야? 말해봐. 입이 있으면 말해보라구.

명자　이런, 비를 많이 맞았구나, 이리 와 앉아라. 수건으로 좀 닦아야겠다.

현식이 수건을 가지러 가려고 일어서는 명자를 거칠게 밀어 앉히고 목에 칼을 겨눈다.

현식　집어치워, 허튼 수작 부리지 말고 묻는 말에 대답이나 해. 그런 더러운 몸으로 대체 자식은 왜 낳은 거야? 세상에, 참 뻔뻔하긴, 아버지도 아셨어? 당신이 이렇게 더러운 여자라는 거, 우리 아버지도 알았느냐구.

명자　진정해라. 그 칼 좀 내려놔. 아무리 죄 많은 에미라도 이러는 거는 아니다. 너 그러고 섰는 거 영 내 아들 같지 않아 보기 싫다. 에미 목숨 아까워서가 아니라 네가 죄 지을까 그게 두려워서 그래. 자 칼 치우고 이리 앉아라.

현식 꼴에 폼 잡는 말은 잘도 하시지. 우리 좀 솔직해지자구. 당신이나 나나 서로 자기 목숨이 제일이야. 무섭다고 말해, 차라리 살려달라고 빌란 말이야.

명자 죽을 죄를 지었다. 너한테는 죽어도 못 갚을 죄를 지었어.

현식 알긴 아시는군. 근데 왜 진작 죽어버리지 않고 여태 얼굴을 처들고 살았냐구. 말해봐, 말해, 당장 말해 봐, 이 더러운 년.

명자 …… 너 하나 보고 이날까지 살았다. 너 하나 잘 사는 거 보는 게 내 인생의 단 한가지 희망이었어. 너도 알지 않니.

현식 그따위 허황된 소리 하지 마. 낳았다고 다 에미야? 착각하지 마.

명자 이렇게 될 줄 알았다면 내가 먼저 죽었을 거야. 그래도 목숨이라는 거 그리 함부로 하는 거 아니드라. 용기를 내고 예전처럼 살아보자. 의사 선생님 믿고 한번 노력해보자. 부탁이다.

현식 닥쳐. 그 끔찍하게 더러운 밑구녕에서 나와서 내 인생이 이렇게 더러운 거라며. 퉤. 그 더러운 몸뚱이로 왜 여지껏 살았어?

명자 실컷 해라. 그리고 다 풀어버려.

현식 닥쳐. 이제 그놈의 더럽고 질긴 인생 끝장내줄 거야. 기다려 봐. 그렇게 살려고 애쓴 질기고도 질긴 목숨 오늘 완전히 끝내줄 테니까.

명자 나는 아무 여한 없다. 너한테 정말 큰 죄를 지었다. 미안하다.

현식 흥, 그러니 죽어. 같이 죽자구. 이렇게 더러운 인생이 살아서 뭐해. 철창 속에 갇혀서 짐승처럼 죽기만 기다리면서 살아야 한다는데 그게 뭐냐구. 내 나이 이제 서른아홉인데. 이렇게 인생 조져도 되는 거야? 당신 콱 죽여 버리고 나도 죽을 거야. 당신이나 나나 피차 개 같은 인생인데, 하루라도 더 살아 뭐해.

명자 아니야, 너는 살아야 돼. 넌 절대 죽으면 안 된다. 고쳐줄 거야. 의사 선생님을 믿어. 제발 그런 맘은 먹지 마라.

현식 나를 이렇게 낳아 논 게 누구야. 이렇게 짐승만도 못하게 만들어 논 게 누구냐구, 아무리 열심히 노력하고 아무리 성실하게 살아도 제대로 인간 노릇 못하고 짐승처럼 살게 만든 게 누구냐구. 대체 누구야. 바로 당신이잖아. 자식을 미친놈으로 낳아놓고 그래도 할 말이 있어서 나불거려. 닥쳐. 시끄러우니까 당장 그 아가리 닥쳐.

명자 모든 게 내 죄다. 미안하다, 에미 죽어 네 속 편하면 그렇게 해라. 미안해. 죽어서도 갚지 못할 거다. 정말 미안하다. 하지만 넌 살아야 해. 나을 수 있어.

현식 그런 헛소리 집어치워. 난 아무 희망이 없어. 난 쓰레기야. 아니, 쓰레기만도 못하게 살아야 한다고, 세상에 내가 왜, 난 아무 잘못 없는데, 내가 왜, 내가 왜 그렇게 비참하게 살아야 하느냐구…….

명자 현식아, 다 에미 잘못이야. 미안하다. 정말 미안해.

현식 난 살고 싶어, 인간답게 살고 싶어. 그런데 그게 안 되니까, 아무리 애를 써도 다시는 그렇게 살 수 없다니까, 그러니 어째, 죽는 거밖에, 길이 없잖아. 죽는 날까지 이렇게 미친놈으로 살 수는 없어, 이게 내 마지막 기회야. 내가 인간답게 나를 지킬 수 있는 마지막 기회.

명자 진정해, 진정해라. 현식아, 에미가 잘못했어. 여기 좀 앉아 봐. 이야기 좀 하자.

현식 시간이 없어. 곧 병원에서 올 거야. 나 찾느라 난리 났을 테니 곧 오겠지. 미친놈이 사고라도 칠까봐 불나게 달려오고 있을걸. 내가 제 정신일 때 가는 게, 그게 내가 사는 길이…… 지…….

현식, 명자를 향해 내리칠 듯 난폭하게 칼을 쳐든다.
명자, 조용히 눈을 감는다.
현식, 명자가 아니라 자신을 깊이 찌른다.
비명을 삼키며 고꾸라진다.
놀라 비명을 지르는 명자.

명자 아, 안돼. 제발, 제발, 애야, 정신차려, 현식아, 제발 이러지 마. 이러면 안 돼. 제발 제발, 이러면 안돼. 왜 니가 죽어, 죽을 사람은 난데 왜 니가 죽어. 이 바보 같은 놈아, 왜 니가 죽어, 왜 니가 죽냐구, 이 불쌍한 놈아…….

빗소리 아주 크다.
병원 사이렌 소리가 날카롭게 뒤섞여 들리고
명자, 현식을 안고 쓰러진다.
어두워진다.

다시 밝아지면 현재.
복희가 명자를 안고 있다.

복희 어머니. 불쌍한 우리 어머니.
명자 내 죄가 대체 뭘까. 난 선하게 살려고 늘 애를 썼는데, 남에게 서운한 일 한 적도 없는데, 왜 사는 게 이렇게 힘이 드는지, 난 정말 모르겠다.
복희 어머니, 그런 생각 하지 마요. 힘없는 나라의 백성으로 태어난

게 죄고 가난한 집에 여자로 태어난 게 억울할 따름이죠. 가난한 집 아들들이 총알받이 나가고 힘없는 집 딸들이 남자들 노리개로 끌려가고 그러는 거지. 옛날부터 어느 나라든지 사람들 살아온 역사라는 게 그랬대요. 엄마, 절대 엄마 잘못 아니에요.

명자 자식을 죽였으니 게서 더한 죄가 어디 있겠니. 남자라면 그렇게 징그러웠는데 현식이 때도 그저 목구멍이 포도청이라구…… 늙은 영감을 거절 못하구. 끔찍하다. 진작에 죽었어야 했어. 하루를 더 살수록 더 끔찍한 일들이 쌓여.

복희 어머니 그렇지 않아요. 살다보니 나랑 만났잖우. 우리가 다시 만나려고 여지껏 힘든 날들 이기고 살아온 거 아니우.

명자 그렇긴 하지, 그래도 너 아픈 거 도와주지도 못하니…… 아득하기만 하다.

복희 어머니. 누구도 그렇게 힘든 생을 견디고 이겨내지 못했을 거야. 어머니 살아있다는 거, 그게 정말 장해요. 그동안 말 못 하고 산 거 이제 다 풀어놔요. 어떤 할머니들은 미국에 청문회도 갔다 오고 일본 가서 데모도 하고 증언하고 다 하잖아요. 난 우리 어머니가 여생을 그렇게 당당하게 살았으면 좋겠어. 엄만 대단한 여자야. 알았죠?

명자 우리 딸, 고맙구나.

복희 어머니, 우리 김밥 싸고 계란 삶고 해서 꽃구경 가요. 엄마 만나면 꼭 엄마 손잡고 꽃구경 가고 싶었어.

명자 그래, 내게도 그런 꿈이 있었다. 수더분한 농사꾼이랑 아이 낳고 살면서 여름이면 마루에 모여 앉아 감자 찐 거 먹으면서 하늘에 별도 올려다보고 옛날 이야기도 해주는 거, 우리 아들이 자라 뭐가 될까 우리 딸이 자라 뭐가 될까 좋은 꿈도 꾸어 보는 거. 아무것도 하지 못했다. 아무 것도…… 이런 인생이 세상에 태어난 이

유가 대체 뭘까 싶다.

복희   그냥 작은 풀꽃 하나가 있는데, 봐주는 이 하나 없어도 한껏 곱게 피어나는 거, 그렇게 고운데도 사람들이 그냥 막 밟고 지나가는 거, 그래도 짓밟힌 몸 다시 일으켜 세워 계속 살아가는 거, 그러다 찬바람 나면 조용히 스러지는 거. 어머니, 난 그게 인생이지 싶어요. 별다른 뜻이 있겠수, 태어난 인생, 그저 지가 놓인 자리에서 열심히 하루 하루 사는 거, 꼭 좋은 날이 온대서가 아니라 그저 살아내는 거, 산다는 게 그런 거 아닌가, 난 그리 생각해요.

명자   해 지는 거 보면, 저게 내 인생이다, 그런 생각이 든다. 저렇게 피 흘리며 살아온 인생이 흔적 없이 사라져가는구나.

복희   인생이라는 거, 이게 다는 아니겠지, 난 언제나 그런 생각을 한다우. 세상에 태어나 죽는 그날까지 그래도 그 보람이라는 거, 생의 의미라는 거 그런 게 있지 않겠수. 난 은실이 생각에 시간 날 때마다 뜨개질하면서 30년을 견뎌왔어요. 이제는 키가 이만큼 컸을까, 이 정도면 품이 맞을까, 그런 생각으로 해마다 뜨개질한 옷을 모았다우. 그게 한 상자예요. 입지도 못할 옷이지 하면서도 그래도 그게 나 사는 희망이고 그렇다우.

명자   (머리를 빗겨주며) 언젠가는 은실이가 그 옷을 입을 날이 꼭 올거다.

복희   그애랑 헤어질 때 변변한 겉옷 하나 없이 고아원에 보냈는데, 그게 늘 마음에 걸려서…… 어디서 추위에 떠는 건 아닌지.

명자   내일은 이쁜 가발을 하나 사러가야겠다. 머리가 휑하니 썰렁하다.

복희   나는 행복해. 나는 늘 혼자 죽어가는 생각을 했어요. 그게 너무 두려웠어. 이젠 내가 죽는 걸 엄마가 보겠지. 그리고 나를 위해

울어주겠지. 어머니, 나는 엄마를 만나서 정말 좋아요. 참 다행이야.

명자 고운 옷 입고 우리 꽃구경 가자. 둘이 손 꼭 잡고 봄볕 쬐러 어디든 나가자.

복희 혼자 죽는 거, 무서웠거든, 생각만 해도 너무 무서웠어. 그치만 이젠 괜찮아요. 나 아주 담담하게 떠날 자신 있어. 엄마가 내 곁에 있으니까 나 잘 갈 수 있을 거 같애.

명자 그래, 우리 겁내지 말자. 너도 나도 우리가 온 곳으로 되돌아가는 길이니 너무 무서워하지 말자. 거기도 사람 사는 곳이겠지, 그렇게 생각하자.

복희 생각하면 그리 두려울 것도 겁날 것도 없어. 여태껏 살면서 실은 몇 번이고 죽으려고 했었다우. 그래도 질긴 목숨이라 다시 살아나고 그랬거든. 그렇게 몇 번이고 가고 싶어 했던 곳에 가게 됐는데 뭐 새삼스러울 게 있겠어. 이래저래 낯설지는 않은 곳인 걸.

명자 사는 게 죽는 것보다 힘든 세월이었다, 너에게도 나에게도……

복희 어머니는 은실이 만날 때까진 꼭 살아계셔야 해요. 그래서 나한테도 소식 전해주고 은실이한테 내 뜨개질한 옷들도 전해주고 그래야 해요.

명자 곧 만날 게다. 그리움이 쌓이면 새들도 와서 다리를 놓아주는 게 이 나라 인심인 걸. 다시 만나게 될거야. 걱정하지 마라.

복희 이건 꼭 완성해야 해. 다른 건 작아서 못 입어도 이건 입을 거 아니우.

명자 그래, 이거 말고도 몇 개든 더 짜야지.

위로를 나누는 두 사람.

7. 사랑하는 내 딸

병실.

희미한 조명.

복희가 누워 있다.

이미 죽었는지 미동도 하지 않는다.

머리맡에는 뜨개질 바구니가 놓여 있다.

딸이 죽은 것을 아는지 모르는지

명자는 꿈에 잠긴 듯 복희의 탄생에 관한 이야기를 해준다.

무대 한쪽 구석에 과거의 병사가 서 있다.

그의 목소리가 환청처럼 사이 사이 끼어든다.

명자의 이야기 중간에

의사와 간호사가 등장해서 복희의 사망을 확인한다.

연결된 기기를 끄고 링거병을 빼고 복희에게 흰 시트를 덮는다.

그리고 잠시 후

복희의 침대를 끌고나간다.

명자는 이 모든 과정과 무관하게

넋이 나간 듯 그저 이야기에 빠져 있다.

명자 그 남자는 나랑 동갑이었어. 가미가재 특공대라구, 며칠 후 폭탄 지고 떠나야 하는 몸이었지. 다들 일본이름에 일본말만 하는데다가 하도 이리저리 이동하다보니 서로를 잘 모르던 시절이었지. 그런데 어느날 나한테 자기 이름을 알려주더라.

병사 난 조선 사람이에요. 내 진짜 이름은 김혁이에요.

명자 그는 며칠 동안을 매일 나에게 왔어, 그리고 날마다 울었어. 나를 건드리지도 않고 그냥 가만히 옆에 누워만 있었지. 날 자기 엄마처럼 누나처럼 그렇게 생각하는 거 같았어. 어느날은 자기가 가진 걸 내게 다 주더구나. 그동안 갖고 있던 군표랑 먹을 거랑 옷가지랑, 그리고 자기 어머니가 수놓아 만들어 준 손수건까지.

병사 날 지켜주는 부적처럼 늘 지니고 있던 거에요. 이걸 주고 싶어요. 나대신 꼭 살아남아요.

명자 빈 몸으로 떠나갔지, 죽으러 가는 전날, 나는 마침내 그를 따뜻하게 안아 주었다, 그는 내 동생이고 내 오빠고 떠나온 내 고향 마을의 친구고. 그 지긋지긋한 전쟁터에서 죽어가는 바로 나 자신이었다.

병사 어머닌 아침마다 날 위해 물 떠놓고 기돌 하실 거에요. 그래도 이젠 소용 없어요. 무서워요. 무서워서 죽을 거 같아요. 내일 폭탄 실은 비행기를 타고 큰 배로 떨어져야 한대요. 내가 왜 그렇게 죽어야 하는지 난 정말 모르겠어요. 난 이제 겨우 열아홉 살인데요.

명자 그날 나는 처음으로 그와 사랑을 나누었어. 미친놈들 짐승 같은 놈들에게 내 몸을 더럽혀왔고 고통스러워서 죽고만 싶었던 바로 그 몸뚱이가 그날만큼은 성스럽게 순결했다.

병사 날 기억해줄래요? 이따금 날 위해 기도해줄래요? 바닷속에서 흔적도 없이 사라지겠지만, 산산조각 나서 고깃밥조차 될 수 없을 만큼 흩어지겠지만, 그래도 영혼이라도 어딘가에서 편히 쉴 수 있게 기도해줄래요?

명자 넌 그렇게 내 몸으로 왔어. 너는 세상에서 가장 아름답고 순결하다. 니 아버지는 좋은 사람이었어.

병사 죽으면서 바로 이 순간을 생각할 거예요. 따뜻하고 행복했던 이 순간을 영원히 안고 갈게요.

명자 (그 많은 군인들과의 관계가 생각나는 듯 몹시 고통스러운 표정. 그러나 고개를 흔들어 모든 기억을 떨쳐내고 단호하게) 니 아버지는 그 사람이다. 그 사람이 아니고는 아무도 니 아버지가 될 수 없어. 다른 놈의 더러운 씨가 어떻게 내 몸에 뿌리를 내린단 말이냐. 그토록 많은 놈들에게 짓밟히는 동안 내 몸은 단 한 놈의 씨도 받아들이지 않았다. 절대로 그 더러운 씨가 내 안에서 자랄 수는 없지. 그 짐승 같은 놈들을 내 몸에서 받아주다니 그건 상상할 수도 없는 일이다.

병사 고마워요. 나중에, 다른 세상에서 만나요. 거기서 행복하게 다시 살아요. 꼭 다시 만나요.

명자 여자와 남자가 사랑한다는 게, 바로 이런 거구나 싶었다. 그 따뜻하고 고즈넉하고 애틋한 느낌, 그게 바로 한 남자의 몸에서 나온 씨가 한 여자의 몸에 자리를 잡는 순간의 느낌이구나 싶드라. 그래, 바로 이런 것일 테지. 그날 단 한 번이었다. 그렇게 수년간 그 끔찍한 노릇을 당하면서 그런 순간이 오리라는 걸, 나는 상상도 못했다. 한 남자와 한 여자가 비로소 마음으로 만나고 몸으로 만나고 세상이 다시 열리고 다시 닫히는 꿈같은 순간이 바로 그런 거였다. 그걸 처음으로 알게 해주었다. 그게 바로 늬 아버지다.

병사 나 잊지 말아요. 절대…… 잊지 말아요.

명자 그러니 너는 행복해야 한다. 너는 네 아버지와 엄마가 가장 행복한 순간에 내 몸 안에 자리 잡았다. 이 세상의 어느 생명이 어느 목숨이 그렇게도 귀하게 맺어진다더냐. 거기는 비록 남루하기 짝이 없는 장소였지만 너는 가장 아름다운 순간에 생명을 받았어. 그건 축복이다.

병사 아무리 좋은 생각을 하려고 해도 너무 무서워요. 폭탄을 안고 가야 한다는 게, 너무나 무서워요. 날 잊지 말아요. 잊지 않겠다고 말해줘요. 너무…… 무서워요.

명자 세상의 귀한 것들은 그렇게 낮은 곳에서 자리를 잡는 법이다. 그래야 그 귀한 것이 더 빛나지 않겠니. 그토록 초라한 곳에서, 오 세상에 생명이라니, 얼마나 귀하고 소중하냐. 난 배운 것도 없고 아는 것도 없고 내세울 것도 없지만, 너한테 이거 하나는 분명히 말해줄 수가 있다. 넌 행복한 순간에 생명을 받았으니 행복하게 살아야 한다는 거, 그렇게 살도록 운명이 정해졌다는 거, 그래서 넌 누구보다 오래오래 살아야 한다는 거. 그러니 잘 살아라. 내가 사랑한 남자는 세상에 늬 아버지 딱 한사람뿐이다. 그건 정말 사실이다.

명자, 갓난아기 복희를 소중하게 안고 있는 시늉을 하며 꿈같이 행복한 표정.
병사는 먼 발치에서 명자를 애틋한 눈길로 혹은 무표정한 눈길로 오랫동안 바라본다.

8. 생은 계속된다

장례식이 끝난 후 며칠 뒤
명자의 방.
복희의 사진이 놓여 있다.
소박한 방이지만 밝다.
은실이가 할머니에게 고운 옷을 입힌다.
화장도 해준다.
둘이 즐겁다.

은실 할머니, 화장하니까 정말 예쁘다. 잠깐 잠깐, 눈썹이 좀 비뚤어
졌다, 다시 그릴게요.

명자 남사스럽게 화장은 무슨 화장이냐. 부끄럽다.

은실 아니야, 할머니, 여자가 예뻐지는데 나이가 어딨어요. 아, 할머
니 너무 고와요. 우리 엄마가 할머니 닮아서 그렇게 예뻤구나.

명자 니 엄마는 정말 예뻤지. 세상 잘못 만나고 부모 잘못 만나서 평
생 고단하게 살았지 요즘 같으면 배우 했을 거다. 거 누구야, 일
요일 저녁에 하는 주말 드라마 있잖아, 거기 부잣집 사모님으로
나오는 탤런트 꼭 그이 같이 생겼었다.

은실 그래요. 정말 그렇게 생겼어요.

명자 그애가 눈을 제대로 못 감았을 거다.

은실 얼마나 오랫동안 엄마 찾았는지 몰라요. 한국에 전에도 왔다 갔

거든요. 한국어도 열심히 배우고.

명자 그런데 너, 인정리를 잊었던 게지.

은실 고아원에 있을 때 입양 갔다가 되돌아온 애들을 봤어요. 그래서 난 양부모 마음에 들려고 애를 썼어요. 영어만 쓰고 한국어는 완전히 잊었죠. 한국 얘기는 절대 하지 않았고 말 잘 듣고 착한 아이가 되려고 최선을 다했죠.

명자 어린 게 얼마나 고생을 했겠니.

은실 대학에 다니면서 아무래도 마음이 안 잡혀서 한국을 와봐야겠다 했어요.

여대생 은실이가 철길을 배경으로 서 있는 사진이 보인다.
은실, 과거로 돌아가 사진을 배경으로 선다.

은실 엄마, 내가 살던 동네를 잊었어요. 고아원은 없어졌고 입양기관에서는 내게 서류를 볼 권리가 없대요. 내가 기억하는 건 우리집 근처에 이런 철길이 있었다는 것뿐이에요. 기찻길 옆을 엄마랑 손 잡고 걸어가던 기억, 밤이면 기차가 지나가는 소리를 들으면서 잠을 자던 기억, 그게 엄마와 집에 대한 기억의 전부에요. 한국에는 내가 존재한 기록이 없어요. 나는 허공으로 사라졌어요. 어떻게 해야 엄마를 만날 수 있죠. 엄마를 만나야 제대로 살 수 있을 거 같은데. 엄마를 만나면 무엇이든 길을 찾고 제대로 시작할 수 있을 거 같은데. 엄마, 어디 계세요.

첫 장면의 꽃을 든 복희가 무대 다른 쪽에 나타난다.
무대의 세 구역을
일제시대와 6.25 전쟁기와 산업화시대의 질곡을 상징하는 세 여자

명자, 복희, 은실이 각각 나누고 있다.

복희 은실아, 인정리 잊지마. 엄마가 너 기다리고 있어. 너 올 때까지
나 여기 안 떠날 거야.

은실 엄마가 어딘가에서 날 기다리고 있을 텐데. 대체 거기가 어딘지
통 알 수가 없어요. 엄마, 어디 계세요.

명자 복희야, 어디 있니.

복희 미군부대가 마을을 떠났다. 사람들도 부대를 따라서 모두 떠났
어. 텅 빈 마을에서 나는 너를 기다린다. 너 여기 잊지 않았지.

은실 미로를 헤매는 기분이에요. 엄마는 미로 속 어디쯤에 계신가요.

명자 복희야, 어디 있어.

복희 네가 어떤 모습일까 하고 상상한다. 멋지게 성장했을 거야. 대학
에도 다닐 테지.

은실 대학에서 경영학을 전공해요. 곧 독립해야죠. 좋은 직장을 갖고
싶어요. 가난은…… 자기 아이도 스스로 기르지 못하게 하죠.

복희 남자친구도 있을 거야. 너처럼 멋진 여자에게 근사한 남자친구
가 있는 건 당연하지.

명자 복희야, 어디 있어.

은실 남자 친구는 제가 입양아라는 거를 좋아하지 않아요. 엄마를 찾
아야 하는 걸 이해하지 못해요.

복희 양부모는 어떤 분들일까 수없이 생각했다. 먼 나라의 불쌍한 아
이들을 데려다 기르는 분들이니 천사같이 착하고 훌륭한 분들이
겠지. 부모라고 이름 붙인 사람이 제 자식 하나를 못 기르고 남
의 나라까지 보내다니.

명자 너를 볼 면목이 없구나.

은실 좋은 분들이세요. 원하면 언제든 엄마를 찾아보라고 하셨어요.

한복도 사주시고 한국어를 다시 배우라고 권해주셨어요.

복희 나는 죄인이야. 그 어린 자식 하나를 못 먹여 굶겨 죽일 뻔 했다.

명자 나는 죄인이다. 딸 하나를 못 지키고 잃어버렸어.

은실 그렇지만 늘 외로웠어요. 엄마랑 잘 때 엄마가 옛날 이야기 해주던 생각 하면서 많이 울었어요. 그렇지만 엄마랑 같이 살 때 배고팠던 것도 기억나요. 엄마는 나랑 헤어진 후에는 배고프지 않은지, 이따금 걱정했어요.

복희 내가 더 용기를 내야했어. 널 떠나보낸 후 난 죽은 목숨이었다.

명자 빈껍데기가 되어 허공을 떠다녔다, 붙들고 살 게 아무 것도 없었어.

은실 한국이 이렇게 잘 사는 나라가 된 줄 몰랐어요. 엄마도 잘 살고 계신 거죠.

복희 날마다 널 위해 기도했다. 하나님이고 부처님이고 성모 마리아님이고 누구든 우리 딸 살려달라고 지켜 달라고 생떼를 쓰듯 기도했다.

은실 외할머니는 찾았나요?

명자 복희야, 어디 있어.

복희 너만 잘 살고 있으면 그것으로 되었다. 더 이상 바라는 건 욕심이지.

은실 친아빠 소식은 들으셨나요. 엄마는 혹시 재혼 하셨나요? 엄마가 행복했으면 좋겠어요.

복희 아무 것도 바라서는 안 되지. 너 하나 잘 살기만을 그거 하나만을 기도했다. 아무리 작은 거라도 행여 다른 걸 바라면 혹시라도 네게로 갈 복이 나누어질까 봐서……

은실 엄마를 만나지도 못하고 내일이면 돌아가요. 다시 올 거에요. 그 땐 꼭 만날 거에요. 다음엔 절대 이렇게 돌아가지 않겠어요.

명자 어디로 가야 너를 만날 수 있는 거냐. 대체 어디에 있어.

복희 난 언제까지라도 여길 안 떠날 거야. 여기서 죽을 거다. 설사 너를 만나지 못한다 해도 죽는 순간까지 너를 기다리며 기도했다는 거, 하나님은 아실 테지, 그래 내 정성을 봐서라도 널 지켜 주실 테지.

복희가 어둠 속에 묻히고
은실이 명자의 곁으로 돌아오면.

명자 이제 됐다.

은실 그래요, 모두 다 만났으니 이젠 됐어요.

명자 참으로 긴 세월이 걸렸구나.

은실 그때 엄마를 못 찾고 돌아가면서 다음엔 꼭 만날 거라고 다짐했었죠.

명자 만나긴 만났어도 서로 말 한 마디 나누지 못했으니. 니 엄마가 너한테 면목이 없어서 그랬는지도 모르겠다. 할 말을 못 찾아서 입을 닫아버린 게지. 너를 보았으니 편히 갔을 게다.

은실 엄마를 본 것도 다행이고 장례식에 참석한 것도 다행이에요.

명자 기특하다.

은실 엄마를 할머니 고향에 모신 거 잘했어요.

명자 그래, 죽어서라도 가고 싶은 게 고향이지. 고향 떠나 산 지가 너무 오래 되었거든. 이제 고향에서 어린 시절 추억도 되새기고 고향 마을의 내음새도 맡고 조용하게 평화롭게 그렇게 잠들어야지.

은실 김밥 싸고 계란 삶고 가방을 싸니까 소풍 가는 거 같아요. 엄마랑 손잡고 소풍가는 걸 늘 그려보곤 했었는데.

명자 니 에미도 나한테 김밥 싸서 소풍 가자고 했었다. 그런데 그것도 못 하고 갔어. 우리에게는 너무 시간이 조금밖에 남아 있지 않았다. 우린 너무 늦게 만났어.

은실 그래요. 그렇지만 제가 엄마 대신 할머니랑 오래 오래 살게요.

명자 넌 미국으로 가야지. 공부도 그렇게 많이 하고 좋은 직장도 있다면서.

은실 여기서 새 일자리를 구할까 해요. 할머니랑 같이 있는 게 무엇보다 중요해요. 내일이 대학에서 증언하시는 날이죠.

명자 그 사람 많은 데서 어떻게 말할지 모르겠다. 니 성화에 응하기는 했지만 무슨 말을 해야 할지 모르겠다. 하지만 이 한마디는 할 수 있다. 나는 아직도 전쟁 속에 살고 있다는 거, 나한테 전쟁은 아직도 끝이 나지 않았다는 거. 만신창이가 된 내 인생, 그 이야길 털어놓으면서 마무리하고 싶구나.

은실 할머니 대단하신 분이에요. 이제 여기저기서 증언하고 그런 역사가 있었다는 거 알려야 해요. 제가 할머니 이야기 책으로 쓸 거에요.

명자 우리 딸이 정말 장한 딸을 두었구나. 그나저나 애비 올 시간 아직 멀었니?

은실 거의 됐어요. 새엄마도 같이 오신다고 했는데 정말 보고 싶어요.

명자 그것도 다 인연이니 귀하게 여겨라. 아버지도 만나고 새어머니도 생기고, 은실이는 참 좋구나.

딩동, 현관벨이 울린다.
은실과 명자, 손 잡고 다정하게 퇴장하면서 암전.

잠시 후 다시 밝아지면

명자의 방.

복희의 사진과 명자와 은실이 같이 찍은 사진이 작은 경대 위에 나란히 놓여 있다.

명자 혼자 앉아 은실의 편지를 읽고 있다.

은실 (목소리) 할머니를 혼자 두고 온 게 마음에 걸려요. 그렇지만 할머니 마음을 알 것 같아요. 언제나 엄마와 할머니를 기억할 거예요. 건강하세요. 할머니 뵈러 곧 다시 갈게요.

명자, 편지를 계속해서 읽고 또 읽고 소중한 마음을 담은 손길로 쓰다듬는다.

명자 내가 바라는 거는 우리 은실이가 멋진 여자가 되는 거, 그게 뭐이든 간에 자기 자리를 찾아 열심히 사는 거, 그뿐이지. 난 잘 살 수 있어. 다 견딜 수 있다. 뭣이든 가슴 속으로 꽁꽁 쟁이고 삭히면서, 그렇게 살아왔는걸. 그 인생이란 놈하고 그만큼 실랑이하고 겨루며 살아왔는데 이젠 그럭저럭 정이 들었다. 내 걱정은 마라.

편지를 소중히 접어 경대 서랍에 넣는다.

사진을 물끄러미 들여다 본다.

명자 은실아, 텔레비전 틀어봐라. (적막하다) 아참, 내 정신 좀 보게. (헛웃음을 짓고 작은 텔레비전을 튼다) 일기예보를 어디서 하나. (채널을 이리저리 돌린다) 비가 온다는 거 같은데……. 요즘 너무 가물어서 비가 오긴 와야 해. 아니, 그래도 갑자기 비가 오면 안 되지. 우리 복희가 우산을 안 가지고 나갔는데.

(갑자기 빗소리 들린다, 창 쪽을 바라보다가 끙, 하고 천천히 일어서서 구석에 세워둔 커다란 우산을 가져온다) 마중을 나가야지. 우리 복희, 이젠 걱정 없어. 이렇게 크고 튼튼한 우산을 새로 장만했으니 말이야. 비가 아무리 쏟아져도 천둥 벼락 아무리 쳐도, 이젠 정말 아무 걱정이 없지.

명자, 커다란 검정색 우산을 펼쳐든다.

비 오는 소리 조금씩 커진다.

명자는 우산을 쓰고 가만히 서 있다.

우산에 빗방울 떨어지는 소리가 크게 들린다.

작고 강인한 '어머니 명자'가 꼿꼿하게 서 있다.

명자의 커다란 그림자가 무대에 가득 찬다.

서서히 어두워진다.

우산을 쓴 명자, 어둠 속으로 가라앉듯 서서히 묻힌다.

(2010)

봄비
온다

빈 몸에 빈 마음
오직 허무만이 남을 것
덧없는 것에 매이지도 말 것
그럼에도….

봄비 온다

등장인물

그녀

그

소녀

1. 민박집

작은 창문이 아무렇게나 나 있는 방.
이십대의 그녀와 그, 나란히 벽에 기대어 앉아 있다.

그녀   배고프지?

그   뭐 그럭저럭, 먹으러 나갈까?

그녀   우린 한 번도 밥을 해먹은 적이 없지.

그   그야 집이 없으니까.

그녀   우린 언제나 길에서 떠도는 사람들이야. 이 방에서 저 방으로 계속 옮겨 다니지.

그   정착하는 게 뭐가 좋아.

그녀   떠돌아다니는 게 뭐가 좋아.

그   유목민들에게 최고의 욕이 뭔지 알아?

그녀   "너 그러다 정착민 된다."

그   잘 알고 있네.

그녀   한번만 더 들으면 이천 구백 구십 구 번이야.

그   한번만 더하면 삼천 번이구.

그녀   그래. 넌 잘난 유목민 해. 난 그놈의 저주받은 정착민 좀 되고 싶다.

그   노마디즘이야말로 이 시대의 살 길이야.

그녀   정신만 자유로우면 몸도 자유로울 수 있어. 그게 진정한 유목민

이야.

그　　아무 데도 매이기 싫다.

그녀　주말이면 봄맞이 대청소도 하고 이따금 친구들도 초대하고 냉장
　　　고에 과일이랑 야채도 넣어두고. 그런 평범한 일들이 우리에겐
　　　없어.

그　　그런 일상은 집집마다 넘쳐나지.

그녀　우리를 말하는 거야. 우리에겐 그런 일상이 없어.

그　　서로를 구속할 뿐이야.

그녀　짧지도 길지도 않은 시간이 흘렀지만 우리의 거리는 좁혀지지도
　　　멀어지지도 않고 그대로야.

그　　가까이 있으면 서로의 그늘에 가려서 아무 것도 못해.

그녀　멀리 있으면 함께 있다고 말할 수도 없어.

그　　그러니 멀리도 가까이도 있지 않으려고 노력하는 거, 그게 관계
　　　를 유지하는 비결이야.

그녀　거리를 유지해서 얻는 게 뭔데. 니가 추구하는 훌륭한 이상이 뭔
　　　데. 그늘에 가려서 이루지 못할까 두려운 대단한 꿈이 뭔데.

그　　우린 각자의 인생이 있어. 뒤엉키는 게 싫을 뿐이야.

그녀　난 좀 뒤엉켰음 좋겠다. 뒤엉켜서 뒤죽박죽 살아봤음 좋겠어.

그　　그게 뭐가 좋아? 우린 그걸 경험한 적이 있잖아.

그녀　맞아. 엉망으로 엉킨 그놈의 실타래를 어떻게 풀어야 할지 몰라
　　　서 울고 또 울었지. 결국은 그걸 어쩌지 못해서 그냥 가위로 잘
　　　라버렸어. 확실하게 결단을 내렸지.

그　　그러고도 다시 그런 삶을 바라는 거야?

그녀　그게 두려워서 일부러 거리를 두려고 애쓰는 건 좀 비겁하다. 그
　　　순간에는 그게 최선의 선택이었어. 난 내 인생을 똑바로 보았고
　　　내 생과 정면으로 맞섰던 거야.

그	결과적으론 남은 게 없어.
그녀	끝을 보고 달릴 순 없어. 그저 달리는 거지. 그때 그때 최선을 다해 달리는 거, 그뿐이야. 길 끝에서 무얼 만날지 모르는 두려움이 있지만 그래도 그게 정직한 거 아니야?
그	무조건 달리는 거 싫다. 걸어갈 거야. 산도 보고 나무도 보고 강가에서 쉬기도 하면서, 노래도 부르고 석양도 바라보면서 그렇게 천천히 걸어갈 거야.
그녀	강가에 나란히 앉아서 석양을 함께 바라보고 노래도 불러주고, 그러면서 같이 가면 안 돼?
그	어느 순간 내 걸음을 재촉할 테니까. 좀 더 빨리 걸어가라고, 더 빨리 걷지 않으면 해가 질 거라고, 어둠 속에서 무서울 거라고, 그렇게 다그칠 테니까.
그녀	그렇게 말해주는 게 싫어? 위로가 되고 힘이 될 거란 생각은 안 들어?
그	내 속도로 걷고 싶어. 늦더라도 내가 가려는 곳을 향해 가면 그것으로 족해.
그녀	내가 참 대단한 사람을 만나고 있지.
그	소심해서 그래. 용기가 없어서 그래. 알면서 자꾸 그러지 마.
그녀	그래서 같이 있어주고 싶어. 근데 넌 날 끝없이 밀어내.
그	밀어낸 거 아니야.
그녀	너를 중심으로 사방 이천 삼백 오십 구 킬로미터 안에 절대 들어갈 수 없어. 나를 튕겨내지. 어느날 니가 나를 아주 낯선 눈빛으로 바라보면 나는 광속보다 더 빨리 태양의 흑점까지 날아가 버려. 아니 우주 밖으로 날아가. 아예 블랙홀에 쾅하고 처박히는 기분이라구.
그	웃기지 좀 마. 너는 이미 내 생의 반경 일 미터 안에 들어와 있어.

그녀 그 일 미터가 문제야. 그놈의 일 미터가 어찌나 견고하고 지독한지 난 거기 절대 못 들어가.

그 그럼 오십 센티로 줄여줄게.

그녀 그게 너야. 줄이고 줄여주지. 아량을 베풀어서. 하지만 없애겠다고는 안하지. 마지막까지 일 센티라도 남겨두고야 말 거야.

그 거리가 없어지는 게 두려워.

그녀 너는 깍쟁이야. 진정한 선수지. 바람둥이의 지존. 언제나 계산이 정확해. 니가 아무리 많은 여자를 만나도 아무도 니 인생에 발 하나 들여 놓을 수 없어. 니가 사랑하는 사람은 이 세상에 너 한 사람뿐이야.

그 너무 그러지 마.

그녀 돌아서서 가는 길이 언제나 상처뿐이야. 이러다 헤어지면 나 정말 본전 생각 날 거 같애.

그 명색이 사랑이고 연앤데 본전이 뭐야. 너야말로 계산기 두드리고 있구나.

그녀 글쎄, 어쩌다 내가 이렇게 됐지?

그 내가 나쁜 놈이지.

그녀 그놈의 말말말. 니가 하는 말들은 언제나 한쪽 귀로 흘려버려야 해. 그 말을 진지하게 들었다간 내가 바보 된다니까.

그 내가 언제 그렇게 허튼 소릴 했다고 그래.

그녀 넌 언제나 말뿐이잖아. 지가 먼저 약속을 하고 지가 한 그 약속을 늘 어기지. 언제 내가 그런 말을 했느냐는 천진한 표정으로 나를 바라보잖아. 그냥 웃고 말아야지. 안 그럼 터져버릴 거야.

그 그 엉터리를 왜 만나는 거야.

그녀 그러니 내가 제 정신이 아니지. 곧 너를 떠날 거야.

그 그래도 말은 하고 가.

그녀 떠날 때는 그냥 가는 거야. 떠나지 않기 위해서 그렇게 많은 말을 했는데, 그래도 안 되니까 떠나는 거지. 무슨 말이 남아 있겠어.

그 말없이 가지는 마.

그녀 바람이라도 쐬어야겠다…… 근데 어제 저녁부터 먹은 게 없다.

그 저녁에 소주 한 병 마셨고 새우깡도 먹었지.

그녀 우리 같이 살면 부자 되겠다. 제대로 먹지도 않고 그야말로 돈 쓸 일 없겠다.

그 그 돈으로 우리 뭐 할까.

그녀 아프리카 여행이나 가자.

그 편도 항공권을 사서 돌아오지 말고 거기 어디쯤에서 살까.

그녀 너 거기서도 나랑 못 살아. 추장이 나를 보자마자 반해서 자기 열일곱 번째 부인으로 삼아버릴 걸.

그 그럼 난 추장의 열일곱 번째 부인이 된 너의 두 번째 남편이 되어서 살아야겠다.

그녀 좋은 생각이야. 추장에게 부탁해서 너를 특별히 나의 노예로 삼아줄게.

그 그 보답으로 날마다 니 방을 청소해주지.

그녀 추장과의 잠자리를 정돈하고 내가 목욕할 물을 준비하고 추장과 자는 동안 침실 문을 지키고 서 있어.

그 그러다보면 너를 되찾을 기회가 오겠지.

그녀 나는 너에게 속한 적이 없는데 뭘 되찾아. 넌 시기와 질투조차 없이 그저 문을 지키고 있을 거야. 멍청한 놈. 바보. 머저리.

그 난 어느날 추장을 공격할거야. 용감하고 잔인하게 놈을 해치울 거야. 그리고는 너를 데리고 그놈의 더러운 곳에서 탈출하는 거야. 뒤쫓아오는 놈들과 싸울 거야. 너를 끝까지 지킬 거야.

그녀   상상이라도 고마워. 하지만 너는 그러지 않을 거야. 너는 나를 추장에게 바칠 거야. 정녕코 너의 여자가 아니라고 나를 세 번씩 부인할 거야. 진짜 여동생이라고 하면서 나를 바치고는 상을 받아서 다른 여자를 데리고 잘 살 거야. 어쩌면 나를 그곳에 남겨두고 어느날 말도 없이 떠나버리겠지.

그   그리고는 정글에서 맹수를 만나서 갈갈이 찢겨 죽음을 당하는 거야.

그녀   좋은 결말이야.

그   그리고 죽어가는 순간 너를 생각하겠지. 너와 함께 아프리카에 온 걸 후회하면서.

그녀   그리고 항공권 살 돈을 모은 걸 후회하겠지.

그   그래, 어느 봄날 산 속 초라한 민박집에 앉아서 허튼 공상에 빠져 쓸데없이 말싸움이나 한 걸 후회할 거다.

그녀   컵라면이나 먹고 얌전하게 잠이나 잘 걸 하고 후회하겠지.

그   맞아. 봄날, 어느 봄날을 추억하면서 죽어갈 거야.

두 사람, 잠시 침묵 속에 있다.

그녀   이런 게 꿈이었던 시절이 있었지.

그   어떤 거?

그녀   어느 시골 마을, 이름도 모르는 한적한 동네하고도 외진 구석에 자리잡은 초라한 집. 거기서 한 며칠이라도 묻혀서 누구 좋아하는 사람이랑 살아봤음 좋겠다, 그런 거.

그   한때의 로망이지.

그녀   단 며칠을 같이 지내기 위해 한 몇 년이라도 살 것처럼 방을 고르고 다니는 거야. 드디어 딱 마음에 드는 방 한 칸을 고르고는 그 방이 마치 온 세상이라도 되는 것처럼 들어앉아서 부러운 것 없이 살아보는 거지.

그　　막상 밤이 되면 전구가 들어왔다 나갔다 하고 벌레들이 여기저 기서 기어나와서는 아주 편안하게 돌아다니는 거야.

그녀　내일은 우리 장에 가서 전구도 사고 살충제도 사고 거울도 사고 재떨이도 사고 라면 끓여 먹을 브루스타랑 냄비랑 휴지도 사야 겠다.

그　　밤중에 화장실 가려면 손전등도 사야 하고 세수비누랑 샴푸랑 수건이랑 김치도 사야지.

그녀　그나저나 배고프다.

그　　밥보다도, 커피 마시고 싶다.

그녀　맞아, 〈오래된 시계〉에서 커피 마시고 싶다.

그　　지금 몇 시지?

그녀　왜, 지금 가려구?

그　　나 당장 그 집 커피 안 마시면 죽을 거 같애. 밤새 잠 못 자고 괴 로워하느니 가는 게 낫지.

그녀　나가서 커피믹스나 사와.

그　　넌 낭만이 없다.

그녀　낭만 찾아 여기까지 와놓고 오자마자 가는 게 낭만이야? 그놈의 낭만 참 변덕스럽기도 하다.

그　　그 집 커피 이야기는 니가 먼저 했잖아.

그녀　그냥 생각이 난다는 거지. 생각나는 거 말도 못 해?

그　　그리고 며칠은커녕 다음날이면 둘 다 짐을 싸는 거지.

그녀　난 너 정말 싫어.

그　　나도 너한테 질렸어.

그녀　다시는 연락하지 마.

그	이번엔 진짜 끝내자.
그녀	항상 다시 연락하는 건 너야. 난 깔끔한 성격이라구. 지지부진한 거 딱 질색이야.
그	취한 핑계대고 울면서 전화하지 마. 나 맘 약해져.
그녀	택시 불렀으니까 먼저 갈게. 넌 나중에 와.
그	이왕 부른 택시 같이 타자. 너한테 말 안 걸어. 걱정 마.
그녀	그럼 돈 니가 내.
그	반씩 내.
그녀	치사한 놈. 넌 끝까지 치사해.
그	헤어지는 마당에 계산은 철저하게 하자. 피차 명확한 게 좋잖아.
그녀	근데 우리 그때 왜 싸웠니?
그	그걸 알면 이러구 있겠냐?
그녀	아직도 모르니까 우린 안 되는 거야. 넌 항상 모르잖아.
그	내가 그놈의 변덕을 알아차리는 재주가 있으면 뭘 해도 성공했을 거야.
그녀	넌 자세가 안 되어 있어.
그	난 너한테 언제나 저자세야. 뭘 더 바래.
그녀	남자다운 남자, 멋있는 진짜 남자.
그	요즘 세상에 진짜 남자가 어딨어? 관우 장비 그런 남자? 이순신 장군 안중근 의사 그런 남자?
그녀	농담으로 다 넘기는 남자 말고 진실한 남자.
그	농담 없이 살 수 있으면 얼마나 좋겠어. 나도 제 정신으로 좀 살고 싶다.
그녀	비나 와라. 정신 좀 차리게. 우리 비 맞고 정신 좀 차리자.
그	우산도 없는데 비 오면 어쩌라구.
그녀	넌 낭만도 모르니. 하늘 좀 봐. 비가 올 거 같아.

그　　니가 바라면 비가 와야지.

그녀　오늘은 진짜 비가 좀 와야 돼.

그　　그래, 비 좀 맞자.

그녀　비가 오면 꽃이 피겠지.

그　　비가 언 땅을 녹일 거야. 그럼 꽃도 피겠지.

그녀　땅을 보면서 천천히 걸을 거야. 막 피어난 들꽃을 하나하나 들여
　　　다볼거야.

그　　비 온다.

그녀　비 오네. 봄비.

그　　봄이 곧 오겠구나.

그녀　봄비……. 잘 들어봐. 봄비, 하면 입에서 봄이 나오는 거 같아.
　　　자, 따라해 봐. 봄비.

그　　봄……비.

그녀　봄비, 봄비 온다…….

　　　전화벨 울린다.
　　　그녀, 문득 꿈에서 깬 듯 전화기를 든다.
　　　전화를 받는다.

　　　놀라다 못해 멍한 표정.
　　　간절한 눈빛으로 그를 돌아본다.
　　　그가 꿈처럼 천천히 사라진다.
　　　그를 잡으려고 하지만 잡을 수 없다.
　　　앰뷸런스의 사이렌 소리가 멀리서 아주 작게 들려온다.
　　　끊어질 듯 아슬아슬하던 소리가 이내 흐릿하게 사라져간다.

2. 기차역

1장에서 15년이 지났다.

딸아이의 중학교 입학 후 첫 번째 생일날.
이미 이혼한 두 사람은
학교 단체여행에서 돌아오는 딸을 마중하러 기차역에서 만나기로
한다.

기차의 출발과 도착, 연착 등을 알리는 안내방송이 들려온다.
어수선하다.
그녀, 혼자 앉아 있다.
잠시 후
그, 다가온다.
낡은 우산을 하나 들고 있다.
무심한 표정, 옆자리에 앉는다.

그   일찍 왔네.
그녀   여기 와서 기다리는 게 나을 거 같아서. 비 많이 와?
그   지금은 그쳤어.
그녀   와이퍼가 닳았는지 오는 길에 좀 고생했어.
그   가끔 갈아야지.

그녀 눈 오는 날 와이퍼가 얼었는데 억지로 움직였거든. 그 때부터 상태가 안 좋아. 비가 오는 날은 갈아야지 하다가 비가 그치면 또 잊어버려.

그 내일이라도 갈아 줘. 비 많이 오는 날에는 위험해.

그녀 그래야지. 근데 우산이 그게 뭐야. 남 걱정은 말고 우산이나 하나 사.

그 대충 가리면 되지 뭐.

그녀 구질구질하게 그러고 다니지 마.

그 우산으로 가려봐야 얼마나 가리겠어. 인생이 온통 구차한데.

그녀 굳이 티 낼 건 없잖아.

그 언젠가는 그치겠지. 며칠만 더 쓰다가 버리면 돼.

그녀 새 거 사서 쓰다가 내년 장마 때 또 쓰면 되지.

그 내년이라…… 너무 긴 시간인 거 같다. 하루 단위로 살기도 바빠서.

그녀 요즘 80 넘어 100살까지 산다는데 내년이 뭐가 길어.

그 100살? 아득하다.

그녀 그렇긴 해. 그래도 우산은 하나 사.

그 그러지 뭐.

그녀 이번 장마, 좀 길지.

그 너무 길어.

그녀 비 맞는 거 참 좋아하던 시절도 있었는데.

그 우산 있어도 비 맞고 다녔잖아.

그녀 그러면서 괜히 우산 사달라고 조르기도 했지.

그 투명한 우산 사준 거 기억난다.

그녀 빗소리가 경쾌하게 튀는 소리가 났지. 하늘이 다 보이는 비닐 우산이었어.

그　손잡이는 보라색이었지?

그녀　노란색이었을 걸.

그　보라색을 골랐던 거 같애.

그녀　난 노란색을 좋아했어. 뭐든 노란색을 골랐을 걸.

그　그런데 그날은 무슨 일인지 보라색을 골랐어.

그녀　보라색? 난 보라색 물건을 가진 적이 없는데.

그　그러니까 그날을 내가 기억하는 거지. 학교 앞 가게에 갔는데 우산을 잔뜩 꽂아 놓은 통에서 니가 그날따라 노란색이 아니라 보라색을 골랐다니까.

그녀　이상하다. 믿어지지 않아.

그　우산 쓰고 손잡이를 빙빙 돌리면서 빗방울을 나한테 다 튀기면서 뛰어다녔지.

그녀　애들처럼.

그　비가 오면 니가 생각나. 그것도 대학시절의 비오는 날만.

그녀　아름다운 날들이었지.

그　그 뒤로의 너는 생각이 안 나. 이따금 생각하려고 해도 니 얼굴이 안 떠올라.

그녀　좋은 기억이 별로 없으니까.

그　그래서일까.

그녀　이런저런 빗소리들, 축축한 비 냄새, 아련히 피어오르는 물안개, 텀벙거리며 걸으면 다리에 와서 튕기던 빗방울의 촉감, 몇 시간이고 죽치고 앉아 있던 학교 앞 정다방, 엉터리로 따라 부르던 팝송들, 어느날은 너무 무료해서 큰 성냥 한 통을 다 쌓아올리곤 했지.

그　그 시절에 우리가 만났지.

그녀　맞아.

그   참 오래 전이야.

그녀   아주 오래 전이지.

그   오래된 것들.

그녀   〈오래된 시계〉 생각나?

그   우리가 자주 가던 카페, 올드팝을 틀어주던 곳이지.

그녀   거기 언젠가 가봤어.

그   찾았어?

그녀   아니, 그 집이 있던 곳이 어딘지 기억할 수가 없었어. 그냥 간판
만 죽 보면서 그 동네를 걸었는데 그 간판이 없었어.

그   나도 가본 적 있어.

그녀   찾았어?

그   아니, 못 찾았어.

그녀   당신도 거길 갔었구나.

그   갔었어. 오래 전에, 그리고 또 얼마 전에.

그녀   난 최근에는 안 갔어.

그   잘했어, 어차피 없어졌는 걸.

그녀   가끔 생각이 나.

그   없어진 지 오래 됐을 거야.

그녀   어쩌면 얼마 전까지는 있었을지도 몰라. 아니야, 오래 전에 없어
졌을 거야.

그   아주 낡은 집이었잖아 그때도.

그녀   그랬지, 길은 안 막혔어?

그   전철 타고 왔어.

그녀   차는?

그   없어. 길에서 몇 번 섰거든. 한번은 밤중에 도로 한 가운데서 섰
는데 렉카 올 때까지 끔찍하더라.

그녀 하기야 오래도 탔지.

그   은이 낳던 해에 샀으니 십 년이 훌쩍 넘었잖아. 게다가 이미 남이 몇 년이나 타던 차였지.

그녀 참 오래 됐다. 그 차 처음 타던 날 정말 세상에 부러운 거 하나 없었지. 우리 용인 민속촌 갔잖아.

그   끝까지 가지고 있고 싶었는데 어쩔 수 없이 폐차시켰어.

그녀 진작 그랬어야지. 도로에서도 그 차 보기 어렵드라.

그   마지막 남은 물건이잖아.

그녀 새삼 애틋해졌어?

그   폐차장에 넘기고 돌아서는데 짠하드라. 그날 한 잔 했지.

그녀 나를 버리는 기분이 들었던 거야?

그   아니, 그 반대. 니가 나를 마지막으로 버리는 기분, 완전히 버리고 진짜로 멀리 떠나는 기분.

그녀 적반하장이네.

그   차를 탈 때마다 니 생각을 했어. 니가 앉아서 운전하던 자리, 니가 만지던 핸들, 니가 듣던 음악, 니가 어느날 들여다 보던 거울…….

그녀 옆자리에서 당신을 바라보곤 했지. 당신 옆모습 꽤 근사하다. 아름다운 남자도 있구나, 그런 생각을 하곤 했어.

그   그런 말 안 했잖아.

그녀 당신 교만해질까봐 안 했지.

그   당신이 나 좋아한다는 거에 확신이 없었어.

그녀 바보, 당신 잘 때 얼굴 들여다보는 거 참 좋아했었다.

그   그런 마음 다 사라진 줄 알았어.

그녀 티 안 내려고 조심했지.

그   다 지난 일이야. 자, 이거.

그녀　이걸 여태 갖고 있었어?

그　오래 된 거라 버리기 뭐해서.

그녀　이렇게도 작은 나무가 십자가라는 상징을 안고 있다는 거, 그게 참 안쓰러웠거든. 어쩌면 예수님도 힘에 부치는 생을 살고 가신 분이다, 그런 생각이 들었지. 이 십자가가 백밀러에 매달려서 흔들리는 걸 볼 때마다 그분의 흔들리는 마음이 막 느껴졌거든. 향나무 냄새가 꽤 오래 갔었는데. 고마워.

그　시디는 모두 버렸어. 하나같이 쓸쓸한 노래들이라. 차에서 즐거운 노래 좀 듣고 해. 너무 가라앉지 말고.

그녀　그럴게. 요즘은 어때?

그　뭐? 일?

그녀　일도 그렇고 사는 거 다.

그　일은 그냥 하는 거지. 특별한 건 없어. 아무 변화도 없어.

그녀　그냥 그렇게 계속?

그　아무런 희망도 없는 거 같아. 뭘 하고 싶은 의욕 같은 것도 없고. 그냥 매일 똑같은 하루 하루야.

그녀　의욕이 있어야지. 너무 정체되어 있으면 늙어.

그　빨리 늙었으면 좋겠어. 그래서 빨리 죽는 것도 괜찮을 거 같애. 무의미해. 사는 게 너무 단조로워.

그녀　어머니는?

그　가끔 니 얘기를 하시지. 아까운 애를 잃었다고.

그녀　우리 인연이 거기까지였을 거야.

그　지금까지 니가 나를 떠나지 않고 있다고 해도 나는 똑같았을 거야. 너한테 아무런 희망도 기쁨도 주지 못하는 무기력한 남자. 그랬을 거야.

그녀　그러지 마. 자기는 한때 내 전부였고 은이가 있는 한 우리가 완전히 끝난 건 아니야.

그 한편으로는 다행스러운 일이지만 한편으로는 괴로운 일이지.

그녀 내가 세상에 와서 뭘 남기고 가게 될까, 그런 생각을 종종 했었지. 아무 것도 이룬 게 없다는 생각에 괴로웠어. 그런데 어느날은 이 생각이 났어. 갑자기 무지 감격스럽드라. 막 울었어. 자는 거 보면서 밤새 울었어.

그 진짜 엄마가 됐구나.

그녀 그 다음부터는 함부로 야단도 안 치고 소중하게 여기게 됐어.

그 다행이다.

그녀 돈 있으면 좀 보태줘. 미술 뒷바라지 하는 거 너무 힘들어.

그 어떻게든 해볼게.

그녀 너무 힘들면 말고. 그놈의 예술이라는 거 물 먹는 하마 같아. 날마다 돈이야. 정말 웬만하면 미술 안 시킬려고 했는데 그것만 하고 싶다니 어떡해.

그 하고 싶으면 해야지.

그녀 아무 것도 모르고 그 험한 길을 간다고 하니. 미술을 해도 선생 같은 거 하면 얼마나 좋겠어. 근데 저는 오로지 그림만 그리는 순수한 화가가 된다니까.

그 어려서 그렇지.

그녀 전세금도 그렇고 융자 받으면서 버티고 있는데, 아니 뭐 어떻게든 되겠지. 근데 당신은 아직도 그렇게 힘든 거야?

그 사는 게 좀 그래.

그녀 잘 좀 살아라. 보태달라고 안 할게. 정말이야. 당신이 진짜로 잘 살면 좋겠어.

그 면목 없다.

그녀 딸 마중 나오고 그러니까 꽤나 부모 노릇 하는 기분이 든다. 게

다가 이렇게 같이 앉아 있으니 밀린 부모 노릇 한꺼번에 하는 거 같아서 아주 뿌듯하네.

그   담배 좀 피우고 올게.

그, 일어서서 나간다.
그녀, 전화를 건다.

그녀   응, 서울역이야. 아직 한 시간 쯤 남았어.

그녀   그냥 그래.

그녀   아니, 난 아무렇지 않아. 진짜 인생에 도가 튼 기분이야. 모든 게 다 안쓰럽고 모든 사람이 다 불쌍해.

그녀   자기는 안 불쌍하지. 자긴 내가 있잖아.

그녀   근데 나, 반지 하나만 사줄래?

그녀   아니, 다이아 반지 말고, 여대생들 끼는 거 14K 18K 그런 거 있잖아. 좋아해서가 아니라 그냥 자기한테서 반지 하나 받고 싶었어. 기념으로. 그래, 그게 뭐든.

그녀   정말 사주려고? 8호나 9호? 아, 잘 모르겠다. 반지 산 게 너무 오래 전이라, 근데 10호 안쪽이었던 거 같애. 아니, 자기가 그냥 사와. 안 맞아도 괜찮아. 아니 맞을 거야. 손가락 열 개나 되는데 그 중에 어디라도 맞는 데 있겠지 뭐. 그래, 나중에 봐. 끊을게.

그녀, 전화를 급하게 끊는다.
그, 옆에 앉는다.

그녀   후우, 담배냄새.

그   담배 끊었어?

그녀 어지러워.

그 그 남자는 담배 안 피는 모양이지.

그녀 냄새 지독하다. 담배 바꿨어?

그 지루해서.

그녀 담배 안 피는 사람들은 담배 냄새에 예민해.

그 골초가 담배도 끊고, 단단히 사랑에 빠졌구나.

그녀 놀리지 마.

그 좋아.

그녀 당신만 바라보고 살 줄 알았지.

그 아니야, 그럴 자격이 없지.

그녀 당신만 바라보고 평생 살 줄 알았지. 그렇게 사는 건 줄 알았지. 근데 인생이라는 게 참 내 뜻대로 안 되드라. 그렇게 살려고 애를 써도, 이상하게 그게 안 되드라.

그 내가 미친 놈이지.

그녀 그럴 거까진 없고. 아무리 말고삐를 단단히 틀어쥐고 있어도 그 인생이라는 마차가 내가 가려는 방향으로 가지는 게 아니더라 구. 그놈의 말들이 한두 마리도 아니고, 도무지 그것들이 내 말을 들어야 말이지. 어느날 탈이 나면 내가 아무리 이리 가자 해도 저리 가고 저리 가자 해도 주저앉아 버리니 말이야.

그 술 취한 말에, 눈 먼 말에, 먼 산 바라보는 말에 저마다 제각각이 니 혼자 어떻게 하겠어.

그녀 아무리 애를 써도 안되니까 어느 순간에는 마음이 탁 놔지드라. 손도 탁 놔지고. 마지막까지 버팅기고 있던 걸 놓으니까 정신없이 무너지는데 모든 게 연기처럼 사라지고, 그냥 한바탕 꿈처럼 흩어지는 거야.

그 그렇게 무너졌다가 이만큼 수습하고 사는 거 보니까 정말 다행이다.

그녀 어느날 은이가 고개를 푹 숙이고 기운 없이 나가는 게 눈에 들어오는데, 그때 정신이 번쩍 들었어.

그 많이 컸을 거야.

그녀 거의 일년 만이지? 작년 생일 때 봤으니까.

그 반가워할까? 나 오는 거 말했어?

그녀 물론이지. 당신은 아빠잖아. 여전히 아빠지.

그 당신 불편하게 하는 거 같아서.

그녀 문자 보냈어. 엄마는 회사 일로 못 나가니까 아빠랑 둘이 만나라고. 그런데 생일 선물은 가져 왔어?

그 생각은 했는데 딱히 뭘 사야 할지 몰라서.

그녀 그럴 줄 알았어. 자, 이거 가져 가.

그 뭐야?

그녀 반지야.

그 무슨 반지?

그녀 요즘 여자애들 엄마 아빠가 이런저런 기념으로 반지 하나씩 해주고 그래. 중학생 된 거 축하한다고 카드 써서 넣었어.

그 미안해서 못 주겠다.

그녀 너무 감격하지 마.

그 당신 그거 알아?

그녀 뭐?

그 당신이 이런 여자기 때문에 내가 밖으로 나돌았다는 거.

그녀 무슨 소리야?

그 당신이 너무 좋은 여자고 너그러운 여자고 한마디로 나한테 분에 넘치는 여자였기 때문에 열등감에 빠져서 어깃장 놓았다는 거.

그녀 별 소릴 다 하네.

그 당신 앞에서 도무지 내세울 게 없었으니까. 당신 앞에선 내가 못나고 부족한 것들만 더 크게 보이고, 그럴 듯한 남자로 설 수가 없었어.

그녀 당신 원망하는 맘 같은 거 이젠 다 사라졌어.

그 우리가 헤어진 거 당신한테는 잘 된 거야. 난 다시는 당신 같은 여자 못 만나겠지만 당신은 좋은 남자를 만날 거야.

그녀 그런 소리 하지 마. 당신은 착한 사람이야. 그냥 뭔가 안 맞는 순간에 우리가 만난거야. 그뿐이야. 그건 어쩔 수 없는 거야.

그 반지 하나도 사주지 못하고 시작한 결혼이 끝내 그렇게 끝났어. 반지를 안 줘서 그렇게 허망하게 끝이 난 걸까.

그녀 나 반지 같은 거 좋아하지 않아. 알잖아. 꾸몄구나 하고 티내는 거 별로야.

그 그래도 여태까지 걸린다. 지금이라도 주면 받아줄 거야?

그녀 무슨 반지, 이혼 반지?

그 그냥 우정을 기념하는 반지. 우리가 한때는 사랑한 적 있었다는 걸 기념하는 반지. 아니지, 아무래도 안되겠다. 당신 앞길을 막을 뿐이야.

그녀 마음으로 받을게. 결혼식날 받은 걸로 칠게. 아주 큰 다이아반지 받은 걸로 기억하고 있을게.

안내방송 부산에서 출발한 새마을호 2135편 열차가 도착했음을 알려드립니다.

그녀 도착했다. 자 이제 가 봐. 맛있는 것도 사주고 이야기 많이 해. 전화하면 데리러 갈게.

그　　알았어.

그녀　얼른 가. 근데 당신, 애인 있어?

그　　무슨 소리야?

그녀　당신이 애인 있으면 좋겠다, 그런 생각이 들어서.

그　　왜.

그녀　당신이 우산도 없이 비 맞고 다니는 모습이 자꾸 떠올라서.

그　　여기 우산 있잖아.

그녀　항상 비를 맞고 서 있는 사람 같애. 어느 가게 앞에서 비가 그치
　　　기를 기다리는 사람 말이야.

그　　새로 하나 살게.

그녀　오래된 잠바 같은 거 안 입으면 좋겠어. 애인이 있으면 옷도 좀
　　　골라주고 그럴 거 아냐.

그　　당신은 우산 있어? 당신이야말로 이젠 비 맞고 다니고 그러지
　　　마.

　　　그, 돌아서서 나간다.
　　　그녀, 한참 동안 바라본다.
　　　회상에 잠긴다.

　　　장맛비소리가 거세게 들리기 시작한다.

3. 화실

과거의 어느날.

빗소리만 무대에 잠시.
어둑한 화실.
무대는 텅 비어 있는 느낌이다.
성냥불이 켜지면서 어슴푸레 무대가 조금씩 밝아지면 담배를 피워
문 그가 보인다.
긴 머리의 소녀가 비를 털며 들어선다.
그녀의 생기로 무대가 갑자기 환해지는 것 같다.

소녀 굉장한 비에요.
그   약속을 미룰 걸 그랬지.
소녀 우산도 소용없고 그냥 다 맞고 왔어요. 수건이나 좀 주시겠어
      요?
그   첫날부터 고생이군. 자, 수건.
소녀 다른 데로 확 새버릴까 하다가 간신히 왔어요.
그   왜?
소녀 멋진 날씨잖아요. 비를 타고 망망대해로 무작정 떠내려가고 싶
      어서요.
그   낭만적이군.

소녀 바다에 대한 환상이 있어요. 고기 한 마리를 잡으려고 매일 바다에 나가는 노인 이야기 같은 거, 멋지잖아요. 태양은 뜨겁고 물고기는 없고 지루한 기다림만 끝없이 계속되고, 그런 삶을 꿈꾸죠. 도시에서 사는 거 정말 재미없어요. 이런 날 빗속을 뚫고 겨우 도착한 곳이 바로 여기네요.

그 실망했어?

소녀 이것이 인생이다, 그런 말이 떠오르네요.

그 여기가 그렇게 현실적인가.

소녀 예술의 옷을 빌려 입고 아닌 척하고 있지만, 다 보이는 거죠. 삶의 현장, 뭐 그런 거요.

그 인생을 한참 산 사람 같이 말하는군.

소녀 하지만 상관없어요. 일은 오늘부터 하나요?

그 내키는 대로.

소녀 그럼 오늘은 안 할래요.

그 좋아, 하지만 누드라고 해서 겁낼 건 없어.

소녀 그런 거 없어요. 초보도 아닌 걸요.

그 뒷모습만 그릴 거니까.

소녀 그건 왜죠?

그 마주 보고 있는 거 어색하잖아.

소녀 그게 제 일인데요.

그 얼굴보다 뒷모습이 더 많은 이야길 할 수도 있지.

소녀 제 뒷모습이 어떨지 모르겠네요. 본 적이 없어서요.

그 나에게 속해 있지 않은 나라고 할까. 내 몸이지만 다른 사람에게만 보이는.

소녀 어떻게 하면 되죠?

그 편한 대로 하면 돼. 서든지 앉든지 마음대로 하고, 음악을 들으면서 그저 느끼는 대로 있으면 돼.

소녀　좀 썰렁한데요.

그　그것도 너의 느낌에 포함되지.

소녀　가난한 화실의 느낌…….

그　뭘 하든 상관없어. 다만 절대 나한테 니 얼굴은 보여주지 마.

소녀　뭘 두려워하는 거죠?

그　두렵다니?

소녀　얼굴을 마주 보지 않으려는 그 마음이 궁금해서요.

그　뒷모습을 좋아하는 것뿐이야.

소녀　뒷모습을 보이는 게 유쾌한 일은 아닌 거 같은데요. 등 돌리고 있는 거 별로 내키지 않아요.

그　언젠가는 서로의 뒷모습을 보게 되지. 그게 어떤 종류의 것이든 말이야.

소녀　유심히 본 적이 없었던 거 같아요.

그　어떤 사람은 늘 사람의 구두를 보고 또 어떤 사람은 눈을 보고 또 어떤 사람은 손가락을 보지.

소녀　선생님은 뒷모습에서 뭘 보죠?

그　그의 과거를 보지. 현재와 미래도.

소녀　그럼 제 인생 좀 봐주세요.

그　점쟁이란 뜻은 아니야.

소녀　언젠가 얘기해주세요.

그　말수가 적은 게 서로 좋지.

소녀　사람들은 서로 알고 친해지려 애를 쓰는데 선생님은 누구를 알게 되는 걸 겁내는 거 같아요.

그　그저 단순하게 살려고 하는 편이라.

소녀　화가는 누구를 좋아하세요?

그　　글쎄.

소녀　책 좀 봐도 되죠? (화집 하나를 집어들고 뒤적인다) 이 그림 마음에 들어요. 재미있는 이야길 들려주네요.

그　　무슨 얘기.

소녀　여자가 옷을 반쯤 걸치고 침대에 걸터앉아 책을 보고 있고 침대 옆에는 여행 가방이 놓여 있어요.

그　　그래서.

소녀　여기가 어딜 거 같아요? 초라한 모텔이에요. 누굴 만나기로 했어요. 아니면 누구를 만나러 먼 곳으로 가는 중에 하루를 묵어가는 건지도 모르죠. 그 사람은 누굴까, 애인, 남편, 친구? 그 사람은 오늘 여자를 만나러 여기 올까요? 기다리고 있는 동안 지루한 시간을 보내느라 책을 펼쳤는데 한 글자도 보이지 않고 그저 들고 있는 거뿐이죠. 여행 가방을 좀 봐요. 그 사람을 만나서 어딜 갈 예정인가 봐요. 긴 여행은 아니에요. 가방이 2,3일 여행을 할 정도의 사이즈거든요. 여자는 기대에 부풀어 있기도 하지만 어딘지 얼굴에 그늘이 져 있어요. 방이 너무 어두워서 그런지도 모르겠어요.

그　　재미있군.

소녀　여자는 가족에게 거짓말을 했어요. 회사에서 2박 3일짜리 출장을 간다고 했거든요. 그리고는 그와 여행을 가는 거에요. 그 사람은 평범한 애인은 아니에요. 그다지 편안한 사이는 아닌 거죠. 그냥 분위기가 그래요. 그래서 마음 한 켠은 희망과 설렘으로 가득 차 있지만 또 다른 한 켠은 두려움과 죄책감으로 가득하죠.

그　　그렇군.

소녀　이 그림도 같은 여자에요. 어느날 아침 멋진 드레스를 입고 문 앞에 서 있어요. 커다란 챙이 있는 근사한 모자를 쓰고 가슴이 깊이 파인 빨간 드레스를 입었어요. 한 손으로 문을 잡고 있지만 아슬아슬해요. 곧 놓을 거 같아요. 그리곤 드레스를 바람에 휘날리면서 거리로 달려 나가는 거에요. 지나가는 자동차를 향해 손을 흔들면 어느 차라도 그녀를 태울 걸요. 미처 그녀를 보지 못하고 지나친 차라도 후진을 해서 다시 그녀를 향해 올 거에요. 그녀의 매력은 그토록 치명적이고 그녀의 떠나려는 열망은 너무나 강렬해서 누구라도 매혹되죠.

그 그림을 그리나?

소녀 요즘은 아니에요.

그 그만 두었다.

소녀 그림이 나를 떠났죠. 내가 그만 둔 게 아니에요.

그 그거야말로 변명이지.

소녀 애인과 같죠. 잠시라도 소홀히 하면 떠나가 버리죠. 몇 번의 기회를 주기도 하지만 영 아니다 싶으면 다시는 돌아오지 않아요.

그 영원히 떠나 보냈나?

소녀 그 정도 눈치는 있거든요. 다시는 돌아올 거 같지 않아요.

그 다시 한 번 매달려 봐. 진정성의 문제 아닐까?

소녀 초라한 뒷모습 보이고 싶지 않아요.

그 그래, 아무리 내 생이라 해도 어느 정도의 자존심은 있어야지. 자, 이건 어때? 쓸쓸한 사무실의 밤 풍경이군. 다들 퇴근할 시간인데 몇 사람이 남아 있어. 늦게까지 회의라도 하는 모양이지.

소녀 늦은 회의. 그치만 회의가 끝나고 이 중의 한 사람이 퇴근하고 나면 이 두 사람은 새로운 이야길 할 거에요. 여기서 중요한 건 이 회의 다음에 이어질 새로운 사건을 향한 기대와 터질 듯한 긴장감이죠. 이 사람은 아무 것도 몰라요. 집에서 자기를 기다리는 아내 생각에 빨리 회의를 마치려고 마음이 급하죠. 하지만 이 두 사람은 아니에요. 이 세 사람의 구도를 지탱하는 건 이 팽팽한 눈빛에서 오는 긴장감이죠.

그　　재미있는 생각이야.

소녀　세상에, 이 방을 좀 보세요. 아무도 없는 빈 방인데 이상하게 궁금증을 일으키는 방이에요. 그저 평범한 방에 이런저런 물건들이 놓여 있을 뿐인데 그 뒤에 누가 앉아 있는지 저 뒤에서 무슨 일이 일어나고 있는지 굉장히 궁금하게 만들잖아요.

그　　구도 때문이지. 빛의 양하고.

소녀　문 때문인 거 같아요. 문이 비스듬하게 반쯤 열려 있잖아요. 완전히 개방되어 있는 것도 아니고 꼭 닫혀 있는 것도 아니에요. 문을 열고 들어가 보고 싶은 방이에요. 안 보이는 곳 여기쯤에서 화가는 이 소녀의 누드를 그리고 있을지도 모르죠.

그　　호기심이 많은가 봐.

소녀　호기심이 없으면 죽음이죠.

그　　모든 거에 대해서 그렇게 궁금한 게 많은가?

소녀　대부분의 것에 대해선 무신경해요. 그런데 이따금 마음을 끄는 것들이 있어요.

그　　뒷모습을 찍은 사진을 보여줄게.

소녀　사진도 하세요?

그　　그림을 그리기 위해서지. 미리 감을 잡아본다고 해야 할까 뭐 그런 거지. 잘은 몰라.

소녀　안 볼래요.

그　　왜?

소녀　흉내 낼 거 같아서요.

그　　처음엔 모방해보는 것도 좋아. 그러다가 점점 자기를 찾아가는 거지.

소녀　그냥 제 맘대로 할게요. 선생님이 좋아하시는 게 이런 거구나 알고 나면 그거에 맞추려고 할 거 같아요. 그냥 제 느낌대로 해보고 싶어요. 뒷모습 누드는 처음이거든요.

그　마음대로.

소녀　이래라 저래라 하기 없기에요. 아까 제 느낌대로 하면 된다고 하셨죠.

그　그럼 내일부터 올 수 있어?

소녀　좋아요. 몇 시에 올까요?

강한 빗소리와 함께

암전.

4. 거리

가는 빗소리 들린다.

그는 재즈가 흐르는 차 안에서 혼자 소녀를 기다리고 있다.
소녀는 다른 공간에서 보이지 않는 친구와 이야기하고 있다.
밝은 모습으로 이야기하고 환하게 웃기도 한다.
그리고 다른 한쪽에 그녀가 보인다.
그녀는 내내 침묵하고 생각에 잠겨 있다.
저마다 다른 공간에 있는 세 사람이 묘하게 서로 얽히기도 한다.
그의 독백 사이사이로 흐르는 재즈와 빗소리.

그   계속 기다렸지. 차 안에서.

그   조금 있으면 오겠지. 조금 있으면 오겠지. 늦게 출발할 수도 있
     고. 차가 막혀서 늦어질 수도 있겠지……. 혹시 무슨 사고가 난
     건 아닐까.

그   차 안에서 기다리는 동안 시간이 정말로 더디게 갔어.

그   이 나이에 그런 열정이라니. 차 안에서 꼼짝도 않고 두 시간을
     기다렸어. 하기야 몇 시간인지는 자세히 몰라. 딱히 시계를 보지
     도 않았으니까.

그   내 마음 저 밑바닥에는 니가 오지 않을 거라는 예감이 이미 있었

는지도 모르지.

그   미안해, 바빠서 그랬어.

그   실은 니가 내 마음 속에 점점 자리 잡아가는 걸 두려워했어. 니가 소중하지 않은 게 아니라 너무나 소중하기 때문에 너를 멀리 하려고 했지.

그   그런데 또 한편으로는 너를 만나고 싶었어.

그   니가 작품 하나를 완성하는 동안만 내 곁에 있겠다는 약속을 했지만 난 그걸 그다지 새겨듣지는 않았어. 흘려들었지, 일부러.

그   작품은 예상보다 빨리 끝났고 넌 가버렸어. 나는 갑자기 밀려오는 그 허전함을 주체할 수가 없었어. 내 안을 가득 채웠던 충만함 같은 것이 한꺼번에 밀려나가는 기분이었지.

그   너를 만나지 않으면 안 될 거 같았어. 너만 보이는데 니가 꼭 있어야 하는데 너는 그럴 수 없었어. 물론 알아. 하지만 한번만 딱 한번만이라도 나를 만나줘. 그렇게 나는 너에게 부탁했어. 너는 대답하지 않았지만 나는 내 마음대로 약속을 하고 니가 올 때까지 언제까지든 기다릴 거라고 떼를 썼지. 스무 살짜리, 철없는 남자애처럼 말이야.

그   비가 계속 왔지.

그   재즈를 듣고 있었는데 빗소리와 어우러져 참 그럴 듯하게 느껴졌지.

그   차 안에는 재즈가 흐르고 창밖으로는 비가 내리고 차창에는 빗방울이 부딪치고 흩어지는 게 보였어. 물방울이 창에 탁, 하고 부딪쳐 힘없이 흘러내리는 걸 계속 바라보았지.

그   이 나이에 갑자기 밀려온 이 간절함이 뭔지, 정말 나도 모르겠다.

그　하지만 살아있다는 느낌이라는 건 알겠어. 아주 오랜만에 느끼는 생의 온기 같은 거 순수한 설렘, 차르르 하고 무언가 떨림을 주는 소리가 내 안에서 들려왔지.

그　내가 지금 이 순간 죽는다면 나는 무슨 생각을 할까, 나는 무엇을 후회하고 무엇을 기꺼워할까. 그 순간 니가 떠올랐지. 그렇다면 이건 정직한 생의 한 순간이고 난 반드시 이걸 붙잡아야만 한다는 느낌. 그런 거였어.

그　나를 질책한다 해도 할 수 없어. 내 생에 갑자기 던져진 단단한 그 무엇을 나는 어쩔 수가 없어.

그　나는 나 자신을 포기했어. 무방비상태에 나를 내려놓았지.

그　너는 문자조차 보내주지 않았어. 물론 일방적인 약속이니까 니가 안 온다 해도 너를 탓할 수는 없어.

그　하지만 짧은 문자 하나라도 보내주었으면, 하고 나는 바랬어. 그럼 난 너무나 고마웠을 거야. 넌 그러지 않았지.

그　못 나가요. 니가 최근에 가장 많이 보낸 문자가 바로 그거지. 그거라도 오기를 나는 기다렸어. 이 나이 잔뜩 먹은 남자가, 비오는 거리의 차 안에서 재즈를 들으면서, 빗방울이 탁탁 부딪치는 유리창을 바라보면서, 그 짧은 문자가 오기를 기다리고 또 기다렸지. 이 나이에 말이야.

그　전화를 하고 싶었나. 모르겠어. 하지만 어쨌든 나는 전화를 하지는 않았어. 무슨 소리가 들려올지, 그걸 상상하는 건 니가 오지 않은 것보다 훨씬 더 두려웠는지 몰라. 계속 울리는 벨소리, 그 끝의 침묵. 차라리 전화를 걸지 않는 편이 나았지.

그　쓰러질 듯 피곤이 밀려왔어. 차 안에서 잠을 잤어. 다시 두어 시간이 흘렀지.

그   자꾸 내 나이를 말하지 마. 나도 모르겠어.
그   미쳤지. 이 나이에 너 같은 애를 이렇게 빗속에서 하염없이 기다
      리고 있는 거, 이거 정말 미친 짓이지. 누가 알면 다 그렇게 말하
      겠지. 내가 미쳤다고. 이 나이에.

그   마지막으로 한번만 말할게. 사랑해. 이 나이에, 미친 짓이
      지……. 알아. 하지만, 사랑해.

      격정적인 음악이 잠시.
      그는 탈진한 표정이다.

      그녀와 소녀는 어느새 어둠 속에 사라져버렸다.

5. 터미널

그녀, 터미널 의자에 앉아 있다.
그, 커피를 두 잔 들고 와서 그녀 옆에 앉는다.

그녀 오랜만이네.

그 자.

그녀 따뜻하다. 산에는 잘 다녀왔어?

그 그럭저럭.

그녀 이렇게 아무 것도 없이 빈 몸으로 간 거야?

그 제대로 등산 안 했어. 그냥 걸었어.

그녀 그래도 먼 데 가면서.

그 몸 하나도 무거운데 가방까지 지고 갈 자신이 없어서.

그녀 산이 늘 답을 주나 봐.

그 여기저기 산자락에 묻어버리는 거지. 절벽에 슬그머니 떨어뜨리기도 하고 돌 옆에 앉았다가 모른 척 놓고 일어서기도 하고.

그녀 나도 그렇게 하고 싶다. 생각해보니까 당신이랑 산에 간 적이 한 번도 없었네.

그 마음이 복잡할 때만 갔으니까.

그녀 마음이 복잡해서 나랑 같이 갈 수가 없었다…….

그 그런 게 아니라…….

그녀 우린 왜 같이 살았을까. 복잡한 마음을 나누지도 못하면서 말이야.

그　마음 속에 있는 말 다 못 하고 살았어.

그녀　말을 해줬으면 좋았을 걸. 난 정말 그 한 마디 말을 원했는데.

그　그놈의 말이 무슨 소용이 있나, 항상 그런 생각이었지.

그녀　언제부턴가 당신이 말이 없어졌지. 참 싫더라. 같이 나누고 의논
하고 싸우기도 하면서 뭔가 노력을 해보는 거, 그런 자세가 없는
것처럼 느껴졌지.

그　나는 말이 언제나 허무하게만 생각됐어. 말로 수습할 수 있다는
생각을 못했어.

그녀　그게 나한테는 늘 상처였어. 나한테 조금만 더 따뜻하게 해줬으
면 했지. 다정하게 위로해주면 다 이겨낼 수 있을 거 같았는데,
당신은 그러질 않았어.

그　내 잘못이야. 모든 게 엉망으로 꼬여버렸어.

그녀　풀 수도 있을까.

그　다시 꼬일지도 모르지. 자신이 없어.

그녀　오늘 당신 만나러 여기로 온 건 참 잘한 거 같다.

그　왜 갑자기 터미널이야?

그녀　여기 이 풍경을 보고 싶었어. 사람들이랑…….

그　모두들 길 위에 있지.

그녀　사람들이 떠나는 거 돌아오는 거 그런 걸 보고 싶었어. 가방을
들고 바쁜 걸음으로 어디론가 가고 돌아오는 사람들. 다들 어디
로 가는 걸까…….

그　돌아올 수는 있지만 거기가 어제와 같은 곳은 아니겠지. 어제와
같은 사람도 아니고.

그녀　그렇겠지. 흘러가버린 걸 되돌이킬 수는 없을 거야.

그　흘러가게 두는 거, 그게 자연스러운 거겠지.

그녀	내가 더 용감하다면 당신에게 한번 더 기회를 준다고, 아니 우리에게 한번만 더 기회를 주자고 말하고 싶지만…….
그	그러지 말자.
그녀	그렇지. 이미 다 흘러가 버렸지…….
그	다시는 당신이 우는 일 없었으면 좋겠다.
그녀	강해져야지. 당신 없이 세상 살려면 더 기운 내야지. 당신도 기운 내.
그	알았어.
그녀	얼굴이 까칠하네. 아픈 데는 없어? 밥도 제대로 안 먹겠지. 이제 그러면 안 돼.
그	걱정 마.
그녀	그림은 많이 그렸어?
그	정리했어. 다 그만 두려구.
그녀	당신 그림 좋아. 빛을 못 본다는 게 이런 건가 싶지.
그	재능 없는 사람의 허튼 욕심이었어.
그녀	혹시 당신 죽은 다음에 그림값이 수십 억 하고 그러는 거 아닐까.
그	다 없앴어. 이제 밥벌이 되는 일이나 찾아봐야지.
그녀	이제 새삼스럽게?
그	신세 많이 졌다. 가장이랍시구 밥벌이도 안 하고, 그 세월이 참 한심하다.
그녀	난 그래도 예술가의 아내라는 일말의 자부심이 있었는데. 뭘 하려구?
그	동화책 삽화 그리는 거 하기로 했어. 작은 출판사에서 일할 거야.
그녀	그러다가 그림 그리고 싶으면 다시 하면 되지.

그	물감 살 돈도 벌지 못할 거야. 다 접었어.
그녀	안됐네. 천재 예술가일지도 모르는데.
그	실컷 놀려. 욕도 하고.
그녀	그럴 거 뭐 있어. 좋게 헤어지자.
그	넌 속도 없니.
그녀	맞아, 난 가끔 그런 생각이 들어. 내 몸과 마음이 텅 비어버린 느낌. 너무 가벼워져서 하늘로 막 날아갈 거 같애. 바람 부는 날이면 길가에 가로등이나 나무나 그런 거 꼭 붙들고 서 있잖아. 날아갈까 봐서.
그	속이 헛헛하구나. 나 때문이야.
그녀	근데 실제로는 안 날아갈 거야. 체중이 꽤 나가거든.
그	당신 업어주고 싶다. 마지막으로.
그녀	이젠 안 돼. 너무 무거워졌어.
그	당신 대학 다닐 때 가끔 나한테 업어달라고 했었지. 아이처럼 가벼웠는데.
그녀	당신이 날 업어주면 난 그 등에 얼굴을 대고 눈을 감았지. 이 남자가 나하고 평생 살 사람이지, 내가 찾던 바로 그 사람이지, 그런 생각을 하곤 했어.
그	바보.
그녀	당신 등에 코를 대면 땀 냄새랑 물감 냄새랑 이런저런 냄새가 온통 뒤엉킨 화실 냄새가 났었지. 그 냄새 참 좋아했었다.
그	온갖 지저분한 냄새가 났겠지.
그녀	그랬을지도 모르지. 스무 살 당신, 그림 그리고 있는 모습 참 멋졌었다.
그	한쪽 구석에서 그림은 안 그리고 나 쳐다보고 있다가 교수님한테 혼났었지.

그녀   그때 당신이 처음으로 나 쳐다보는데 챙피해서 죽는 줄 알았어.

그   짝사랑하다가 들킨 날이지. 당신이 동그란 눈으로 나 쳐다보는데, 참 예쁘드라.

그녀   낙엽이 막 사정없이 흩날리고 가을비까지 내리던 날, 어두워진 캠퍼스에서 나 업고 뛰면서 당신이 이랬잖아. 너 내 방에서 오늘 자고 갈래? 너 자는 모습 보고 싶다.

그   뻔한 말에 넘어가기는, 멍청이.

그녀   무단으로 안 들어왔다고 기숙사에서 쫓겨났지.

그   그 핑계대고 너 아예 내 방에 눌러 앉았잖아.

그녀   참 옛날이다.

그   정말 오래된 이야기다. 전설 같다.

그녀   그랬던 등이 나를 속이고, 상처를 주고…… 그것도 여러 번.

그   그렇게 됐네.

그녀   근데 사실은 나, 그 그림 좋아했어. 당신 그림 중에서 최고였어.

그   다 지난 일이야.

그녀   그래서 더 괴로웠지.

그   미안해.

그녀   그냥 다 알 수 있었어. 그림 한 장이 모든 걸 다 말해주드라.

그   당신 생각이었을 거야.

그녀   얼굴이 어떻게 생겼는지 어떤 표정을 하고 있는지 정말 궁금하게 만드는, 그런 뒷모습이었어.

그   작업을 시작하는 날, 머리를 소년처럼 짧게 자르고 나타났지. 좀 놀랐어.

그녀   아무 것도 말하지 않으려는 고집스러움이 보이기도 했지만 한편으로는 자기를 이해하고 사랑해주기를 바라는 안쓰러움 같은 것도 느껴졌어.

그	작고 마른 몸이라 그랬을 거야.
그녀	연민을 불러 일으키는 연약한 몸. 육감적인 몸을 가진 모델보다도 훨씬 마음을 끄는 매력이 있었어.
그	그런 몸을 찾고 있었거든.
그녀	왜 그렇게 마음을 끄는지 생각해봤어. 당신이 그린 그림들 중에서 가장 내 마음에 들었거든.
그	그런 말은 안했잖아.
그녀	거기에 당신 마음이 담겨 있다는 걸 알았지. 저런 그림은 그냥 그리는 게 아니라는 거. 진심으로 마음을 나눈 후에야 그릴 수 있는 그림이라는 거. 모든 걸 다 알 수 있었지. 몇 달 동안 집에 들어오지도 않고 화실에 처박혀서 당신이 몰두한 일이 뭐라는 걸 모두 다.
그	지나친 상상은 하지 마.
그녀	당신이 그 그림을 시작했을 때부터 예감이 좋지 않았어. 그냥, 뒷모습이라는 거부터가 이상하게 마음에 걸렸지.
그	나도 몰랐어.
그녀	알았을 거야. 그런데 당신이 끌렸던 거지.
그	솔직히 말하면 여자의 몸이 아닌 여자의 몸이라는 게 마음에 들었지. 여자 냄새가 나기 이전의 중성적인 분위기 말이야.
그녀	위험한 일이라는 거 당신은 알고 있었어.
그	대학을 일 년 다닌 휴학생이라고 했어.
그녀	그림은 다 말해주던데. 그보다 어린 소녀라고.
그	신분증을 보여 달라고 할 수도 없는 거잖아. 나도 몰랐어.
그녀	그건 예술이 아니라 도덕의 문제야.
그	너무 나가지는 마. 그렇게 파렴치한 아니야.
그녀	딸 있는 아빠야, 당신.

그	잊은 적 없어. 부끄러운 행동 하지 않았어.
그녀	정신적인 문제는 중요하지 않다는 거야?
그	아무튼 당신이 생각하는 그런 건 절대 아니야.
그녀	믿을게. 나도 믿고 싶어.
그	하여튼 미안해.
그녀	모델을 새로 구할 때마다 사랑에 빠지면 그놈의 화가 노릇은 대체 연애만 하다 마는 건가.
그	…….
그녀	사랑하는 마음으로 봐야 할 거 같다, 그런 생각을 하기는 해. 그래야 남들 눈에는 보이지 않는 내밀함도 보이고 그걸 그려낼 수도 있고 그렇겠지.
그	모두 내 잘못이야.
그녀	화가랑 모델이랑 연애하는 거 흔한 얘기지. 그것 때문에 부인이랑 헤어지는 것도 그렇고. 어쩔 수 없이 나도 그 대열에 끼게 되었네. 이왕 이렇게 된 거, 당신이 유명하기라도 하면 좋겠다. 그래서 헤어지는 마당에 돈이라도 좀 받고 그러면 얼마나 좋아. 아니면 돈이 될 만한 그림이라도 몇 장 주든지.
그	아무 것도 줄 게 없네. 참 끝까지 가난하다.
그녀	예술가의 아내 노릇 이제 지쳤나 봐. 더 좋은 여자를 만났으면 당신 뒷바라지도 잘 하고 훌륭한 화가가 되도록 도왔을지 모르는데. 미안해. 난 여기까지밖에 안 되네.
그	그만 가. 버스 시간 다 됐잖아.
그녀	버스는 놓치면 또 오겠지. 당신이랑은 마지막이잖아.
그	어려운 일 있으면 연락해.
그녀	도와줄려고?
그	아니 뭐, 딱히 도울 수도 없겠지만.

그녀 그냥 살자, 당신은 당신대로 잘 살고 나는 나대로 노력해볼게.

그 아무 것도 없이 만나 아무 것도 없이 살다가 또 그렇게 헤어지는구나.

그녀 사는 게 다 그렇지.

그 공연한 욕심을 부렸어. 널 잡지 말았어야 하는 건데.

그녀 잡는다고 억지로 남아있고 그러는 거 아니잖아. 내가 당신을 좋아했던 거지.

그 가난한 놈은 사랑도 하지 말고 결혼도 하지 말고 그랬어야 하는건데.

그녀 우리가 지금 가난해서 헤어지는 거 아니잖아. 거짓말은 하지 말자.

그 하여튼 이제 그만 가. 점점 더 비참해진다.

그녀 어젯밤에는 꿈을 꿨어. 우리집이 미술관처럼 생겼드라. 액자처럼 커다란 창이 여러 개 있는데 창 밖으로 바닷속 풍경이 내다보이는 거야. 집 안은 바닷물로 가득 차 있고 나는 이 방에서 저 방으로 둥둥 떠다녔어. 창 밖의 경치가 얼마나 근사했는지 몰라. 바닷물의 파란색이 너무나 선명하고 신비스러워서 숨이 멎을 지경이었어. 그래서 당신에게 보여주고 싶었어. 나가서 당신을 데려와야지 했는데 집 안에 문이 없었어. 문을 찾아서 헤매는데 점점 힘들어지더니 나중엔 막 숨이 안 쉬어지는 거야. 아름다운 파란색이 막 무서워지기 시작하는데…….

그 꿈 같은 거 흘려보내.

그녀 창에 비친 여러 명의 내가 나를 보고 있는데 어쩜 그렇게 낯설지?

그 너무 깊이 생각하지 마.

그녀 그렇지.

그　　비 오네.

그녀　이별 뒤에 비가 제격이지. 비 내리는 날의 이별, 낭만적이다.

그　　비까지 오니까 진짜 심란하다. 그만 가자, 술이라도 한 잔 해야
　　　겠어.

그녀　이젠 너무 늦었어. 돌이킬 수 없지.

그　　우산 있어?

그녀　하나 사줘.

그　　노란색으로 살까?

그녀　아니, 보라색.

그　　그러지 뭐.

계속 앉아 있다.

바깥의 빗소리 점점 크게 들려온다.

6. 봄비 온다

다시 1장의 민박집.

그녀　니가 죽으면 어떨까.

그　언젠가는 죽겠지.

그녀　어떤 남자가 애인하고 이별하고 길을 떠났어. 곧 다른 여자를 만나 사랑에 빠졌지. 그런데 얼마 후 다투게 되자, 원래 애인한테 애틋하게 편지를 썼어, 돌아간다고. 그런데 우체통을 못 찾아서 할 수 없이 편지를 주머니에 넣어 두었지. 막상 돌아간다고 생각하니 마지막으로 새 애인을 한 번 보고 싶은 거야. 전화를 했지, 지금 만나러 간다고.

그　가는 길에 교통사고가 나고, 그는 죽었을 거야.

그녀　그가 죽어 있는 병원으로 두 여자가 달려왔어. 원래 애인은 편지를 읽으면서 그가 자기에게 돌아오는 길이었구나 생각하고 안도해. 새 애인은 그가 자기에게 오는 길에 죽었다는 걸 혼자만의 기쁨으로 간직하지.

그　흐뭇한 결말이야. 한 남자의 죽음으로 두 여자를 모두 만족시켰어.

그녀　사랑의 완성을 위해서는 희생이 필요해.

그　난 여자가 둘인 것도 아닌데 왜 굳이 죽어야 하지?

그녀　애도하려고.

그　단지 그뿐이야?

그녀　갑자기 애도라는 단어가 마음에 들어. 나의 애도의 대상이 되어 줘.

그　그러시든지.

그녀　그런데 결혼은 언제 할 거야?

그　너하고?

그녀　아니, 다른 사람하고.

그　만약 한다면 너하고 해야지.

그녀　난 너랑 안 할 거야.

그　너하고 헤어지고 다른 사람을 만나서 결혼하려면……. 그건 좀 오래 걸리겠다.

그녀　굳이 나하고 헤어질 건 없어.

그　그건 왜?

그녀　어차피 곧 죽을 거니까. 넌 나를 사랑하지만 다른 여자랑 결혼하는 거야. 그리고 얼마 후 갑작스런 불치병이나 불의의 사고로 죽는 거지. 다만 가슴 속에 나를 영원한 마음의 연인으로 품고 가야돼.

그　내 인생을 갖고, 멋대로 하세요.

그녀　그럼 나는 니 장례식에 가서 애도를 표하는 거지. 장례식장의 사람들은 내가 누구인지 아무도 몰라. 그저 고인의 지인이겠거니 생각하겠지. 아무도 모르는 너와의 길고 긴 날들을 회상하면서 나는 너를 진심으로 애도할 거야.

그　혼자 애도하는 그 대단한 비밀스러움을 위해서 날더러 죽으라구.

그녀　너도 죽을 때까지 사랑을 품고 간 그럴듯한 연애사의 주인공으로 등극하는 거야.

그	하찮은 연애였지만 죽음을 통해서 비로소 세기의 연애로 변한다 이거지.
그녀	내가 먼저 죽어도 좋아. 하지만 너는 이런 근사한 애도는 안 할 거잖아.
그	알았으니 한 오십 년쯤 후에 실컷 애도해줘.
그녀	그렇게 오래 살려구?
그	요즘 평균 수명이 얼만데, 그 정도면 요절이야.
그녀	니가 몇 살인데?
그	그건 잘 몰라, 해마다 변하니까.
그녀	죽을 때 무슨 생각 할 거 같니?
그	이럴 때 모범답안. 너한테 잘해주지 못한 거.
그녀	나를 생각하면서 죽는다니까 눈물겹다.
그	나 기본은 착한 놈이야.
그녀	지상에 방 한 칸이 없어서 밥 한 번 해먹지 못하면서 우리가 무슨 특별한 사이라도 되는 걸까? 죽는 순간에 생각이 날 만큼.
그	나를 믿어줘. 절대 내 사랑을 의심하지 말라고 했잖아.
그녀	그런데, 우리 이제 그만 헤어지자.
그	그런 거 꼭 말로 해야 하나.
그녀	오늘까지만 만나고 내일부터는 만나지 말자.
그	아무리 그래도 소용없어. 우린 헤어져도 곧 다시 만나잖아. 벌써 열 번도 더 헤어졌잖아.
그녀	그래도 이번엔 꼭 헤어져야겠어.
그	이번엔 또 왜?
그녀	니가 나한테 너무 인색하니까.
그	그런 적 없어.
그녀	난 너의 마음이 다 보여. 안 그러고 싶은데도 자꾸만 다 보이니

까 내가 비참해져.

그   난 언제나 너한테 최선을 다했어.

그녀   니가 너무 잘 사는 게 질투가 나.

그   니가 나한테 새로운 에너지를 주니까 그래. 고마워.

그녀   너는 이런저런 일도 다 잘하고 모든 면에서 점점 앞으로 나아가는 거 같아.

그   니 덕분이야.

그녀   난 고작 꿈만 꾸다 말고.

그   내가 어떻게 하길 바라니.

그녀   나는 너 쳐다보느라고 에너지가 없어. 너한테 다 쏟아 붓고 나는 텅 비었어.

그   사랑은 둘이 하는 거야. 한쪽은 주고 한쪽은 받고 그러는 거 아니잖아.

그녀   그런데 나는 주고 너는 받고 우리는 그렇게 역할이 나뉘어 있는 거 같아.

그   그렇게 생각한다면 내가 정말 떠나야겠다. 너한테 아무 것도 주지 못하고 받기만 해서 너를 소진시키고 있다면 그건 내가 원하는 게 아니야.

그녀   내가 점점 이상해진다. 나도 나를 어쩌지 못하겠어.

그   이번에는 정말 헤어져야 할 순간이 왔나보다.

그녀   언젠가 너는 마침내 떠나겠지. 남겨지는 거 힘들 거야. 그래서 먼저 떠나려고 애를 쓰는 거야.

그   너한테 내가 가진 모든 걸 주고 싶어 했어. 그런데 왜 니가 그런 생각을 하는지 모르겠다.

그녀   넌 결국은 떠날 거야. 처음에 우린 날마다 만났어. 조금씩 뜸해지다가 일 주일에 한 번, 이 주일에 한 번, 그러다 한 달에 한 번.

그리고 마침내 이번 겨울에는 한 번도 만나지 않았어.

그 너무 바빴어.

그녀 날마다 너를 생각했어. 하루가 참 길었지.

그 겨우내 많이 우울했어. 너한테 말하지 않았지만 큰 일도 몇 가지
   나 있었어.

그녀 날마다 나를 만나던 그때도 니가 일없이 놀고 있었던 건 아니잖
   아. 그리고 힘든 일이 없었던 것도 아니잖아. 열정이 사라진 거
   야. 열정이 없으면 만나지 말아야 해. 그건 서로에 대한 예의가
   아니야.

그 이번 일은 좀 많이 심각한 거였어. 그래도 너한테 틈틈이 편지를
   보냈잖아. 너를 만나지는 않았지만 나는 늘 너와 함께 있었어.

그녀 그놈의 허황된 글은 그만 보내.

그 언제나 진심을 담아서 보냈어.

그녀 껍데기뿐인 허튼 소리들.

그 내가 만나자고 해도 너는 아무 답도 하지 않았어.

그녀 니가 나 만나는 걸 의무처럼 여기는 게 느껴졌기 때문이야. 너는
   나한테 아무런 의무도 없어.

그 내가 다 잘못했어.

그녀 너는 나한테 잘해야 돼. 왜냐하면 너는 나보다 나를 더 많이 아
   는 사람이니까. 이 세상에서 나에 관해 가장 많이 알지.

그 널 사랑하니까.

그녀 아니, 내가 너를 만날 때마다 취했기 때문이지. 취하면 정신을
   잃고, 깨어나면 아무 것도 기억 못하니까. 너는 내가 알지 못하
   는 내 모습을 수없이 봤어. 내가 한 말을 정작 내가 기억할 수 없
   다는 거 얼마나 황당한지 모를 거야.

그 욕하고 때리고, 니가 저지른 그 모든 악행이 정말 기억 안 난단

말이지.

그녀 다시는 안 그래야지 결심을 하지만 너를 만나면 또 취하지. 그건 모두 니가 나쁜놈이기 때문이야.

그 니 말이 무조건 다 맞아.

그녀 내가 꽁꽁 숨겨놓은 비밀을 넌 모두 본 거야. 난 진짜 니 모습을 본 적이 한 번도 없는데 넌 흐트러진 내 모습을 수없이 봤어. 아주 재미있었겠다.

그 너만큼 괴로웠어.

그녀 적나라해지는 거 정말 싫다.

그 걱정 마. 너의 모든 걸 다 사랑해. 자, 선물이야. 기분 좀 풀어.

그녀 행사장에서 받은 볼펜. 게다가 세 자루 세트, 씩이나. 엄청 고마워.

그 내 마음의 극히 일부일 뿐이야.

그녀 딱 이만큼이지. 니가 나를 생각하는 분량을 정확하게 나타내는 물건들, 그래서 난 아무 것도 받고 싶지 않았어.

그 너한테 가장 좋은 걸 주고 싶어했어.

그녀 니 마음의 크기와 분량을 그냥 상상할 때가 좋아.

그 그야 물론 헤아릴 수 없이 크지.

그녀 이렇게 시각적으로 명료해지면 정말 어쩔 줄을 모르겠어. 어디로 숨어버리고 싶어.

그 나중에 정말 멋진 선물을 줄게.

그녀 아니야, 제발 나에게 아무 것도 주지 말아줘. 부탁이야. 그럼 적어도 니 마음을 내 멋대로 상상이라도 할 수 있잖아.

그 설마 이걸 내 마음과 동일하게 보는 건 아니겠지.

그녀 너무 똑같아서 민망하지. 모두 잘 모아두고 있어. 언젠가 널 떠날 때 모두 돌려줄게.

그　나한테 조금만 너그럽게 대해주면 좋을 거 같다.

그녀　그대로 잘 모아두었어. 너는 니 마음을 또 다른 사람에게 줄 수도 있을 거야.

그　잔인하다.

그녀　니가 하는 모든 행동은 니 마음의 결과야. 떠나버린 마음에 대고 토를 다는 내가 치사하지. 그냥 그런 거야. 나에겐 너를 비난할 이유도 권리도 없어.

그　나도 모르는 내 속을 너는 참 잘도 안다.

그녀　흔들림 없는 모습, 반듯하고 안정되어 있지. 나만 멍청해.

그　니가 이럴 때마다 힘들어.

그녀　넌 끄덕없어.

그　이제 겉으로 흔들릴 나이가 아니잖아.

그녀　이러는 것도 잠시야. 아무 것도 남지 않는 시간이 곧 오겠지.

그　남은 시간이 얼마인지는 아무도 몰라. 낭비할 시간이 없어.

그녀　아무튼 오늘이 마지막이야. 너를 내 마음에서 꺼내서 잘 접어서 멀리 날려 보낼 거야. 자유롭게 멀리 날아가.

그　나도 그러고 싶은데 오늘은 안 되겠다.

그녀　왜.

그　비 올 거 같아서.

그녀　비 오면 왜.

그　젖으면 멀리 못 날아가. 맑은 날, 바람 부는 날 갈게.

그녀　진짜로 멀리 가버려.

그　비 온다.

그녀　봄비?

그　그래, 봄비.

그녀　봄비…….

그	봄이 가까이 왔나보다.
그녀	봄비, 하면 입에서 봄이 나오는 거 같아. 너도 따라해 봐. 봄비…….
	근데 나, 언젠가 이런 장면 있었던 거 같다.
그	인생은 데자뷔야.
그녀	그때 거기 있었던 거 너야?
그	그거야 니가 알겠지.
그녀	잘 생각이 안 난다.
그	그러시겠지. 남자가 한둘이냐.
그녀	근데 눈을 감고 자세히 보니까 너 맞다.
그	나 아니라도 괜찮아. 나는 비행기 접어 날려 보내고 너도 자유롭게 가버려.
그녀	그런 말 하지 마. 내가 선택할 거야. 남아 있든지 떠나든지 내가 결정할 거야.
그	그새 맘 변했어? 드디어 헤어지나 했더니 또 제 자리다.
그녀	우리 꼭 헤어지자. 근데 오늘은 말고. 다음에.
그	그러자. 오늘은 봄비도 오고 너무 아름답잖아.
그녀	쓸쓸한 날에 헤어지자. 그게 어울리지.
그	그럼 낙엽 지는 가을까지 기다려야 되나. 너무 길다.
그녀	그 전에 장마철도 괜찮지. 비에 모든 걸 떠내려 보낼 수 있잖아.
그	그러자. 어차피 니 맘대로지 뭐.
그녀	나 너랑 꼭 헤어질 거다.
그	알았어. 꼭 그렇게 해.
그녀	넌 나쁜 놈이야.
그	맞아. 근데 우리 여행 갈래?
그녀	먼 데다 버리고 올려구?

그	첩첩산중 깊은 산 속에 오도가도 못할 곳에 놓고 오게.
그녀	그래.
그	봄이 어디까지 왔는지 보러 가자.
그녀	봄비 온다…….

맑은 봄비 소리.
빗길에 자동차 사고 나는 소리 들린다.
이어서 불안한 앰뷸런스 소리 들리다가 점점 멀리 사라진다.
그가 꿈처럼 일어나 퇴장한다.
그녀, 돌아서 가는 그를 물끄러미 바라본다.

그녀   당신 기일인데, 또 봄비 온다. 매번 그랬어. 참 이상하지.
당신이 여행에서 돌아오는 것처럼 봄비랑 같이 돌아올 것만 같
아.
너무 멀리 가지는 마. 내 목소리 들리는 데, 거기 어디쯤에서, 잘
있어.
봄비 온다……. 당신도 듣고 있지…….

맑고 아름다운 봄비 소리.
봄비,
온다.

(2012)

거리

물 위에 네 이름을 쓴다
흘러가라

등장인물
알 수 없는 거리를 사이에 두고
가까이 혹은 멀리 있는
가와 나

무대
텅 빈 벌판

가와 나는 무대의 양 끝에 뚝 떨어져 앉아 있다
극의 진행에 따라 거리가 좁혀지기도 하고 멀어
지기도 한다

아무리 멀리 있어도 그들의 거리는 절대로 멀지
않고
아무리 가까이 있어도 그들의 거리는 결코 가깝
지 않다

---

1. 거리

해질녘.
노을이 지고 있다.

가 조용하다.

나 무슨 말이든 해봐.

가 조용한 게 싫어?

나 그런 건 아니지만, 그래도 무슨 이야길 하는 게 더 나을 거 같아.

가 이젠 침묵을 못 견디게 되었구나.

나 꼭 그런 건 아니야.

가 해가 진다.

나 곧 어두워질 거야.

가 밤이 오겠지.

나 별을 볼 수 있을까.

가 실은…… 너에겐 할 말이 아주 많아.

나 어서 해봐.

가 그런데 또 할 말이 전혀 남아 있지 않은 거 같기도 해.

나 그런 말이 어딨어.

가 어떤 때는 할 말이 흘러넘치는데 니가 내 곁에 없어. 그 말들을
    모두 참느라 힘이 들지. 그런데 어떤 때는 말이란 게 다 무슨 소
    용이 있나 그런 생각이 드는 거지.

나	아무 말이든 해봐.
가	소용없어. 다 날아가 버리는 걸.
나	그래도 좋아. 그냥 니 목소리라도 듣고 싶어.
가	모든 게 부질없어. 말은 날아가고 마음은 멀어지고 몸은 사라질 거야.
나	그런 말 하지 마. 아직 멀었어.
가	너와 나 사이에는 거리가 있어.
나	거리가 없는 관계란 없어.
가	그런데 니가 생각하는 거리와 내가 생각하는 거리는 차이가 있어. 너는 우리 사이에 네가 손을 뻗으면 닿을 수 있는 정도의 거리가 있다고 생각하지. 내가 생각하는 거리에서 니가 생각하는 거리를 뺀 만큼이 늘 문제야.
나	내가 손을 뻗어도 넌 거기에 없어.
가	너는 최선을 다해서 팔을 뻗었다고 생각하지. 그러니까 너는 늘 나에게 당당할 수 있어.
나	내가 최선을 다하지 않는다고 생각했던 거야?
가	내가 생각하는 만큼 니가 와주지 않았으니까 나는 늘 결핍을 느껴야 했어.
나	그건 니가 만들어낸 거리야.
가	우리는 이따금 만나고 같이 밥도 먹고 이야기도 나누었지만 생각해보니 그게 모두 현실이 아니었어.
나	나는 너와 이렇게 마주 보고 앉아 있어. 이보다 구체적인 현실이 어디 있어.
가	나는 너와 만나 때때로 같이 밥을 먹었지만 언제나 맛을 몰랐어. 많이 먹어도 허기가 채워지지 않았고 조금만 먹어도 먹기가 싫었어. 그러니 현실이 아니지.

나	술을 마시면 취했잖아. 그것도 현실이 아니야?
가	그건 참 이상한 일이었지. 너를 만나기만 하면 술꾼이 되어버리곤 했으니까. 취해버리는 거. 그게 내가 서 있는 그 자리의 최대한의 비현실성이지. 공간과 시간의 비현실성을 견디다 못해 완전한 무의식의 세계로 가버리곤 했으니까.
나	나야말로 한번이라도 너처럼 취하고 싶었어. 하지만 한 번도 그러지 못했어.
가	다음날이면 돌아버릴 지경이지. 어느 순간부터 취해버렸는지 무슨 말을 했는지 어떤 행동을 했는지 아무 것도 기억을 못하니까.
나	니가 나를 믿고 취해버리는 그 순간에 나는 너와 함께 있는 걸 느끼지. 그 순간에 우리 사이에는 거리가 없어.
가	나를 놓아버리는 그 순간은 가장 정직하기도 하고 가장 서글픈 순간이기도 해.
나	그런 너를 보는 거 나도 괴로웠어.
가	현실을 떠나버린 순간이 가장 현실적이라는 거, 그거야말로 우리의 만남이 얼마나 비현실적인지 말해주지.
나	니가 어떠한 수사로 우리의 관계나 만남에 대해서 의미를 축소시키려 해도 나는 거기 넘어가지 않아. 니가 말하는 건 니 생각이고 나는 그 비현실성마저도 소중해.
가	너는 언제나 나한테 관대했어. 늘 예의바르게 대해주었어. 고마워.
나	그런 식으로 말하지 마. 니가 이럴 때면 너는 또 그놈의 결심이라는 걸 말하려고 하는 거 같아. 더는 이야기하지 마. 난 결심 같은 거 계획 같은 거 생각 안 할 거야. 결코, 절대, 결국, 이런 말들도 난 안 할 거야. 그러니 너도 그만 해.
가	나는 꿈에서 깨어났어. 니가 생각하는 거리와 내가 생각하는 거

리의 차이에서 나의 결핍이 유래한다는 거 분명하게 알겠어. 그 차이만큼이 바로 내가 살던 환상의 영역이야.

나   아무 말도 하지 마. 너는 언제나 너무 말이 많아. 우리 아무 말도 하지 말고 그냥 있자. 우린 아주 오래간만에 만났고 그동안 니가 너무 그리웠어. 정말 다투기 싫어. 나는 여력이 없어.

가   환상에서 현실의 영역으로 넘어온 순간 그 때가 바로 어른이 되는 순간이야. 현실을 파악하고 철이 드는 거지. 이제는 예의를 지켜야 해. 염치와 체면을 알게 되는 거지.

나   그러지 마. 그런 의미의 어른이 되면 우리는 사랑도 같이 잃게 될 거야.

가   언제까지나 이렇게 살아갈 수는 없어.

나   우리는 모두 잃게 될 거야. 우리는 헤어지게 될 거야. 우리는 아무 이야기도 할 수 없을 거야.

가   요즘은 잠을 못 자. 생각이 너무 많아. 자려고 눕는 순간 니가 떠오르지. 밤마다 내게 와서는 창밖이 환하게 밝아올 때까지 나를 붙들고 놓아주지 않아. 온갖 생각들에 휩싸여 너와 씨름하느라 온몸이 뒤틀리는 거 같애.

나   편안하게 잠을 자. 내가 지켜줄게.

가   너는 나한테서 상처를 많이 받았어. 이제는 내가 받을 차례야. 니가 나를 괴롭히지.

나   나는 변함없어. 니가 나한테 상처를 주기도 하고 고통을 주기도 한 건 사실이야. 하지만 다 이해해. 우리들의 그 거리 때문이야. 내가 더 팔을 길게 뻗어야 했어.

가   니가 저번에 내 앞에서 정신을 잃고 기절했을 때 나는 맹세하고 또 맹세했어. 좋은 사람이 될 거라고.

나   내 사랑을 절대 의심하지 말라고 했지. 나를 믿어줘. 내가 너의 기대를 완전히 채워주지는 못한다는 거 알아. 하지만 내 마음은 진실이야. 나를 믿어줘. 언제까지 이렇게 다짐하고 맹세하고 그래야 해. 정말 힘들어.

가   불안해서 그러는 거야. 너를 사랑하는 내 마음이 너한테 닿을 수 없다는 거 그게 괴로워서야.

나   그러지 말자. 우리는 아주 어렵게 만났어. 소중한 시간이야. 언제 이 시간이 끝날지 아무도 몰라. 내가 돌아서는 순간에 자동차 사고로 죽을지도 모르잖아.

가   그런 말 하지 마. 니가 죽으면 나는 가슴 속이 뻥 뚫려서 세상 그 무엇으로도 채울 수 없을 거야.

나   그러니까 우리가 아주 잠깐 만나는 이 순간을 헛되이 보내지 말자. 아무 말도 하지 말자. 같이 있다는 거, 그것만이 남았음 좋겠다.

무미건조한 언어들
그 사이로 바람이 지나간다.

해가 진다.
점점 어두워진다.

2. 기다림

어슴프레 날이 밝아오는 새벽녘.

빛이 한 줄기.

두 사람 사이에 선이 하나 그어져 있다.

여전히 뚝 떨어져 앉아 있는 두 사람.

가   이리 와. 내 손을 잡아줘.

나   (여전히 제 자리에서) 손이 차구나.

가   나는 날마다 쇠약해지고 있어.

나   손목이 너무 가늘어졌어.

가   기운이 없어.

나   (보지도 않고 습관적으로) 얼굴이 창백하다. 제발 아프지 마.

가   언젠가는 사라지게 될 거야. 온몸에서 살이 조금씩 빠져나가고
     기운이 빠져나가고 아이처럼 몸이 가벼워질 거야. 그리고는 어
     느날 새처럼 날아갈 거야. 무거운 몸을 비워내고 복잡하기 그지
     없던 마음을 비워내고 짓누르던 생각들을 비워내고 마침내 완전
     히 가벼워지면, 날아갈 수 있을 거야.

나   먼 훗날에 그렇게 해. 벌써부터 그런 말 하지 마. 생각만 해도 너
     무 슬퍼진다. 아주 아주 오랫동안 나와 함께 있어줘.

가   너에게 상처만 주고 고통만 주는데도.

나	나도 너에게 불면을 주잖아.
가	너는 나에게 최선을 다했어. 넌 아무 잘못이 없어.
나	잘잘못을 이야기하면서 아주 긴 시간을 낭비해왔어. 우리가 만난 거 그게 잘못이라면 모르겠지만, 설령 우리가 만난 게 잘못이라도 할 수 없지만, 하여튼 누가 누구에게 서로 잘못하고 잘했는지 그런 거 이제 그만 따지면 좋겠다. 항상 그래왔듯이 내가 모두 잘못했고 너는 그 잘못을 용서해주는 역할이잖아. 늘 용서해준 것처럼 다시 또 용서해줘.
가	너는 니 잘못을 모르잖아.
나	사실은 잘 몰라. 그리고 또 사실은 나는 아무 잘못도 없어. 내가 너를 너무 늦게 만난 거 그거 말고 나는 너에게 아무런 잘못도 하지 않았어. 나는 늘 정직하게 너를 사랑했어. 난 거짓말한 적도 없고 너에게 불성실한 적도 없고 니가 안 보는 곳에서 너에게 상처를 줄 어떠한 나쁜 짓도 한 적이 없어. 나는 착하게 너의 곁에 있었어. 나를 그만 몰아세워. 나도 더 이상 무얼 잘못했는지도 모르는 그 많은 잘못들에 대해서 용서해달라고 하는 게 힘들어. 나도 지쳤어.
가	한 사람이 돌아서서 다른 곳을 바라보고 버팅기면 다른 한 사람은 그걸 되돌이키려고 애를 쓰지. 마음을 다해서 돌려놓으려고 해. 내가 잘못한 게 뭔가 생각하려고 애를 쓰면서 용서를 빌고 심지어는 아무 잘못도 없으면서 잘못했다고 하지. 그런데 사람은 참 이상해. 상대방이 마침내 돌아서는 순간, 꼭 잡고 있던 그 줄이 느슨해지는 바로 그 순간, 온몸에 힘이 빠지는 거야. 그동안 기를 쓰고 힘을 쏟은 그 일이 갑자기 무의미해지고 내가 대체 뭘 위해서 이렇게 마음의 고통을 받으면서 애를 썼나 허탈해지는 거지. 그래서 돌아선 상대방을 보고 싶지 않게 되고. 그래서

드디어 모든 게 끝이 나는 거지.

나 나는 아니야. 나는 변함없어.

가 내가 그동안의 내 잘못을 문득 깨닫고 너에게 미안해, 라고 말하는 순간 너는 맥이 탁 풀렸어. 내가 보기도 싫어진 거야.

나 너의 상상은 참 대단해. 이리저리 왔다갔다 잘도 돌아다니지.

가 그렇게 해서 모든 게 정리되고 끝이 나는 거야. 너에게 서운해서 화가 나 있는 동안에는 나는 일도 많이 하고 괴롭지도 않았어. 너를 괴롭히고 있다는 거 알면서도 모른 척 했어. 참 냉정하지. 그런데 내가 미안해, 하고 말하는 순간 공은 네게 넘어갔어.

나 너는 관계를 너무 계산적으로 생각해.

가 니가 나한테 공을 던질 차례가 되었지. 그리고 공은 아주 멀리 날아갈 거야. 나는 그 공을 다시는 잡을 수 없을 거야. 시작이 있으면 끝이 있게 마련이야. 당연해. 모든 걸 받아들여야 해.

나 그런 소리 좀 그만 해. 끝이란 소리 좀 제발 그만 해. 우리가 죽으면 모든 게 끝이 날 거야. 그렇게 재촉하지 않아도 갈 수밖에 없는 길이야.

가 죽음과는 별개의 문제야. 죽어서 끝이 나는 건 다른 문제야. 그건 불가항력이고 그건 정말 완전한 끝이지.

나 끝이란 말 그렇게 쉽게 하지 마. 무서운 말이야.

가 오르막이 있으면 내리막이 있고 내려가다 보면 거기가 끝이야. 어딘지 명확하게 선이 그어져 있는 건 아니지만 끝에 도달할 수밖에 없어.

나 끝 이야기는 그만 해. 이제 그만 나를 조금이라도 위로해 줘. 니가 그리웠어, 그런 말 좀 해 줘.

가 니가 그리웠어.

나 느껴지지 않아.

가	니가 그리웠어.
나	의례적이고 상투적으로 들려.
가	날 괴롭히지 마.
나	니가 그리웠어.
가	믿어지지 않아.
나	니가 그리웠어. 도대체 어떻게 해야 날 믿을 거야.
가	너는 오랫동안 나에게 아무런 연락도 하지 않았어.
나	니가 매번 답을 하지 않으니까 용기가 나지 않았던 거야. 수없이 거부 당하다보면 다가가는 게 힘들어져. 나도 강철로 만들어진 게 아니야. 니가 나를 거부할 때마다 나도 상처를 받는단 말이야.
가	하루 종일 너를 생각해. 니가 무얼 하고 있는지 니가 왜 이렇게 소식이 없는지 궁금해 하지. 그러면서 생각하지. 너는 나를 너무 오래 기다리게 하는구나…… 나의 인내심은 바닥이 났고 바닥난 커다란 구멍 사이로 막막한 어둠이 펼쳐져 있지. 이제는 시간이 너무 많이 지났어. 나는 지쳤어.
나	나도 니 생각을 수없이 많이 해.
가	그러다가 나는 다시 마음을 고쳐 먹지. 아니야. 내가 너한테 너무 상처를 줬어. 니가 그렇게 오랫동안 내게 용서를 빌었는데도 나는 들은 척도 하지 않았어. 그랬는데 니가 나한테 조금 서운한 척을 한다고 해서 내가 참을 수 없어, 용서하지 않을 거야, 냉담하게 대할 거야, 이러는 거는 너무하는 거지. 알아. 내가 지나친 거지.
나	가슴이 너무 아파.
가	그런데 요즘은 정말 못 견디겠어. 하루 하루를 니 생각하면서 아무 것도 못하고 있어. 집중이 안 돼. 할 일이 많은데 아무 것도

못하겠어. 너 언제까지 나를 기다리게 할 거야.

나 나는 아주 오랫동안 너를 기다렸어. 아주 긴 시간 동안.

가 이렇게도 저렇게도 생각을 해봐. 내 마음도 오락가락하고 있어. '너에게 그동안 내가 잘못한 것들을 갚으려면 나는 한참 더 고통의 시간을 보내야 한다고 생각을 하기도 해. 그러다가 또, 그래도 이럴 수는 없다고 생각하기도 해. 너는 도대체 언제 나를 보러 올 거야.

나 우리는 언제나 서로 편하게 만날 수 있을까. 기다리는 거 그게 어떤 것이든 하여튼 이제 더는 못 할 거 같다. 너의 생에 작은 틈새조차 차지하지 못한 채 완전한 잉여가 된 느낌이야.

가 니가 마침내 마음을 정리하고 나에게 연락을 하거나 나를 보러 왔을 때 나는 여기 없을 거야. 나는 곧 먼 곳으로 떠나거든. 너에게 나는 건조한 목소리로 이러겠지. 나는 먼 곳에 있어. 언제 돌아갈지는 모르겠어. 그냥 당분간은 여기 좀 있으려고 해.

나 나를 혼자 두고 떠날 생각이지. 넌 항상 그래. 넌 나를 사랑한다면서 행동은 그와 반대로만 하지.

가 그러니 어서 연락을 해. 어서 해. 지금 해. 내가 간절하게 너를 원하고 기다리고 있는 이 순간에 해. 내 마음이 다시 차갑게 식어버린 순간에 니가 연락을 하면 우리는 냉담의 시간으로 넘어가게 될 거야. 그리고 정말로 끝이 나는 거지. 나는 그 순간이 올지도 모른다고 마음의 준비를 하고 있어. 아니면 이미 그 순간이 왔거나 이미 지나가버렸는데 내가 여전히 바보같이 너를 기다리고 있는지도 몰라. 그래. 이게 맞는 거 같다. 너는 이제 마음을 정말로 정리한 거야. 알았어. 나도 더 이상은 너를 생각하지 않을게. 기다리지도 않을게. 그냥 가만히 있을게. 차분하게 나를 가라앉힐게, 조용한, 검은, 무거운, 호수 밑바닥처럼.

나 　너는 왜 기다리기만 하는 거야. 니가 나에게 오면 안 돼?

가 　하지만 만일 니가 연락을 한다면 나는 아주 예의바르게 너의 전화를 받을 거야. 생전 처음 보는 아주 어려운 사람을 대하듯이 예의를 갖추어 공손하게 말을 할 거야. 너는 내가 누구인지 알아볼 수 없을 거야. 내 목소리를 알 수도 없을 거야. 너는 이러겠지. 전화를 잘못 걸었습니다. 죄송합니다. 맞아, 나는 니가 알던 내가 아니라 니가 전혀 본 적 없고 만난 적 없는 그 어떤 사람이 되어 있을 거야. 어쩔 수 없어. 그렇게 우리는 잘 헤어질 수 있을 거야.

나 　결국은 또 그 이야기야. 니가 그렇게 원한다면 언젠가 우리는 정말로 헤어지게 될 거야.

가 　잘 있어. 우리가 보지 못하고 서로의 소식을 알지 못한다고 해도 어디서든 잘 살아. 너는 잘 살 거야. 언제나 행복하게 살아왔듯이 앞으로도 행복할거야. 내가 필요 없을 거야. 나 없는 세상에서 넌 평화롭게 잘 살 거야.

나 　겉으로는 그렇겠지. 나는 열심히 일하고 지인들과 밥도 먹겠지. 전화를 받고 방문도 하고 차도 마시겠지. 그리고 문득 문득 너를 그리워하겠지. 너는 내 마음 깊은 곳에 남아 있을 거야. 우리가 완전히 서로를 잊는 건 불가능해. 우린 완전히 이루어질 수 없는 사이라 해도 완전히 헤어질 수도 없는 사이야.

가 　먼발치에서 너를 우연히 봤어. 너는 여전히 반듯한 얼굴을 하고 단정한 표정을 짓고 있었지만 어딘지 아주 약간 화가 난 듯 보였어. 마음 속에 화를 누르고 있는 거 같았어. 너는 그동안 너에게 있었던 몇 가지 일들로 해서 화가 났어. 너는 좋은 사람이고 착한 사람이고 멋진 사람인데. 그런데 너는 화가 났어. 어딘가 화가 난 니 얼굴을 보는 게 좀 슬펐어. 그래서 얼른 눈을 감아버렸어. 그렇게 미세한 니 마음의 변화를 눈치 챌 수 있었던 게 나는 싫었어. 너는 웃어야 해. 그래야 나는 떠날 수 있어. 니가 슬픔에 차있으면 나는 발길이 안 떨어질 거 같아.

나   우울한 일들이 나를 바위처럼 누르고 있어. 니가 그런 나를 이해하고 조금이라도 따뜻한 손길을 마음을 나누어주면 얼마나 좋을까. 하지만 너는 언제나 얼음처럼 차가워. 그래서 나는 슬프지.

가   너를 보지 못하는 동안 생각을 많이 했어. 결국 내 마음을 정리했지. 니가 이 세상 어딘가에 존재한다는 것만으로 만족하기로 말이야. 너와의 거리 이런 거 생각하지 않기로 했어. 생각을 하면 할수록 점점 나빠지는 것 같아. 그러니 모두 내려놓는 거 그게 제일 좋은 일이라는 걸 알았지. 너를 사랑했어. 지금도 사랑하고 앞으로도 사랑할거야. 너는 내가 진심으로 사랑한 사람이야. 사랑받을 만한 좋은 사람이지. 너는 때로 나에게 따뜻한 손을 내밀어주기도 했어. 더욱이나 네가 내 앞에서 기절했으니까 나는 너를 영원히 사랑해야 돼.

나   그만 해. 제발 말 좀 그만 해. 니 말의 홍수에 나는 떠밀려 갈거야.

나는 더 멀리 떨어져 앉는다.
가는 그를 보지도 않는다.
바람만 무심하게 분다.

3. 미안한 사랑

한낮.
햇살이 뜨겁다.
벽돌 크기의 나무 블록이 두어 줄 정도 쌓여 있다.
혹은 가가 이야기를 하면서 차곡차곡 쌓는다.

가　가슴 속이 텅 비었어.

나　돌덩이가 쿵, 하고 떨어졌어.

가　텅 빈 자리로 바람이 지나가. 소리가 너무 커.

나　돌이 너무 무거워. 서 있을 수가 없어.

가　내 안에서 부는 바람이 그 돌마저 날아가게 할 거야.

나　멀리 던져버려.

가　힘들어. 너를 만나는 거 너를 안 만나는 거 너를 생각하는 거 너를 안 생각하는 거 너를 기다리는 거 너를 안 기다리는 거…….

나　너를 기다리게 한 거 미안해. 너를 만난 거 미안해. 너를 생각하는 거 미안해. 너를 멀리서 기다리고 있는 거 미안해. 미안해.

가　너에게 남은 말 니가 가지고 있는 말은 그거뿐이야.

나　널 사랑해.

가　믿어지지 않아. 안 들려. 그러니 하지 마. 미안해가 나아.

나　내 사랑을 믿어주지 않는 거 알아. 못 믿게 한 거 미안해. 하지만 사실이야. 니가 나한테 뭐라고 해도 난 변함 없어. 널 사랑해.

가	난 너에게 상처만 줄 뿐이야. 나는 관대하지도 않고 너그럽지도 않고 나는 이기적이야. 난 나만 생각해.
나	그렇지 않아. 하지만 설사 네가 그렇다 해도 난 변함없이 널 사랑해. 내가 사랑하는 건 그냥 너야. 니가 아무리 나쁜 말로 너를 둘러쳐도 난 알아. 니 안에 있는 따스함 말이야. 그러니 그렇게 나한테 눈을 치켜뜨고 화난 척 하지 마. 공연히 그런 표정을 지을 건 없어.
가	니가 그랬지. 시간이 흐를수록 편해져야 하는데 점점 힘들고 지친다고.
나	나도 힘들 때가 있잖아.
가	나는 너를 따뜻하게 감싸주지 않았어. 너한테 냉정하게 대하고 상처를 줬어.
나	왜 그래야 했어…….
가	니가 나를 잊지 않도록 하려고. 너는 내가 햇살처럼 따뜻하면 나를 잊을 거야. 내가 아이처럼 착하면 나를 잊을 거야. 나한테 이렇게 해도 되고 저렇게 해도 되는 것처럼 생각할 거야.
나	너는 참 이상해.
가	맞아, 이상해. 넌 지금 나를 기억할거야.
나	미안해. 내가 너를 그렇게 만들었어. 너는 원래 착하고 순수하고 너그러운 사람이었는데.
가	너를 만나면서 나는 이상해졌어.
나	언제나 내 잘못이지.
가	가질 수도 버릴 수도 없는 너 때문에 나는 변하고 있어.
나	나는 네 거야. 나를 모두 가져.
가	언제나 말뿐이야. 나는 너를 그런 식으로 갖는 걸 바라지 않아. 너는 온 세상의 사람들에게 너를 모두 나누어주고 나한테도 너

의 일부만을 나누어 줄 뿐이야.

나　　다른 사람과 너는 달라. 너는 나에게 가장 특별한 사람이야.

가　　믿을 수 없어. 우리는 직선의 양 끝점 같아.

가가 끈의 한쪽 끝을 쥐고 나에게 던진다.

나가 다른 쪽 끝을 잡는다.

팽팽한 줄다리기가 시작된다.

나　　나는 선의 한 쪽 끝에 너는 다른 한쪽 끝에.

가　　두 점은 아무리 닿으려 해도 닿을 수 없어.

나　　몸을 돌려봐.

가　　선이 구부러지지 않아.

나　　몸에 힘을 빼고 나를 봐.

가　　너를 향하려고 애를 쓰지만 그럴수록 너는 멀어져.

나　　원을 만들면서 같은 거리를 유지하는 직선.

가　　두 개의 점은 절대로 만날 수 없어.

나　　손을 뻗어봐. 자 내 손을 잡아.

가　　자 내 손을 잡아줘.

두 사람 긴 끈의 양 끝을 잡고 일정한 거리를 유지하면서 돈다.

거리는 좁혀지지도 멀어지지도 않고 똑같다.

나　　제발 손을 더 내밀어봐.

가　　니가 손을 더 뻗어봐. 니 팔이 더 길잖아.

나　　니가 몸을 굽혀 봐.

가　　안 돼. 몸이 자꾸만 밖으로 달아나.

나	자 내 손을 잡아봐.
가	어지러워. 너무 어지러워. 떨어질 거 같아.
나	이렇게 양끝을 잡고 있는 한 우린 서로 만날 수 없어.
가	그럼 어떡해. 내가 끈을 놓을게.
나	놓지마. 위험해. 넌 튕겨져 나갈 거야.
가	어지러워. 더 이상 못 돌겠어.

나, 끈을 자기 쪽으로 잡아당기면서 가를 안는다.
두 사람, 끈을 놓는다.
아니 놓을 듯 하다가 다시 잡는다.
긴 끈의 끄트머리를 아슬아슬하게 잡고 있다.
그리고 마침내 끈을 떨어뜨렸다가
바로 발 밑에 떨어진 끈을 아주 무거운 것을 들듯 힘겹게
간신히 겨우겨우 집어든다.

나	나의 마음을 보여주고 싶어.
가	나야말로 너의 마음을 좀 보고 싶어.
나	항상 열려 있어. 늘 보여주고 있어.
가	안 보여. 니 마음이 안 보여.
나	미안해. 내가 더 노력해야 했어.
가	너를 느낄 수 없어.
나	이렇게 가까운 곳에 있는데.

나, 조금씩 멀어진다.
가, 밝은 햇살에도 불구하고 아무 것도 보이지 않는다.

가 어둠뿐이야.

나 눈을 크게 떠봐.

가 아무 것도 안 보여.

나 이쪽이야.

가 길을 잃었어.

나 내가 빛을 밝혀줄게.

가 너에게 갈 수가 없어.

나 램프를 들고 있을 거야.

가 불을 켰어?

나 그래, 네가 올 때까지 절대로 불을 꺼뜨리지 않고 들고 있을 거야. 그러니 어서 와.

가 너무 어두워. 한 발자국도 나갈 수가 없어. 아무 것도 안 보여. 넌 대체 어디에 있는 거야.

나 니가 안 보여. 대체 어디로 간 거야.

가 손을 흔들어봐. 어디쯤이야. 날 큰 소리로 불러봐. 내 이름을 불러보라구. 큰 소리로.

나 이리 와. 여기야. 나 여기 있어.

두 사람.
가까운 곳에서 서로를 보지 못하고 찾아다닌다.
끈은 살아있는 것처럼 혹은 한 사람인 것처럼
두 사람을 묶었다가 풀었다가 한다.
나의 목소리는 점점 작아진다.
점점 더 멀어진다.
가의 목소리도 희미하게 사라져간다.
끈은 점점 가늘어져서 끊어질 듯 가물가물하다.

밝은 대낮.

그래도 서로를 볼 수 없는 두 사람의 목소리는 건조하다.

시처럼 투명하다.

4. 미련

벽돌이 허리 높이로 쌓여 있거나
가가 대화 중에 쌓는다.

가   나무가 많이 자랐어.

나   너의 집 앞에 나무가 있지.

가   너의 집과 나의 집 사이에 나무가 있어.

나   나무들이 많이 자랐어.

가   여러 번 봄이 오고 여름이 오고 또 가을이 오고 겨울이 왔으니까.

나   나무들이 햇살을 받고 장맛비를 맞고 붉은색으로 노란색으로 물들고 겨울 바람을 견뎌냈어.

가   나무들이 많이 자랐어.

나   시간이 나무들 사이로 흘러갔어.

가   바람이 나뭇잎들을 키웠어.

나   때때로 새들도 왔었지.

가   잎들이 모두 세상 밖으로 날아갔어. 대신 눈이 나무를 지켰지.

나   그러면서 나무들이 자랐어. 너의 집이 보이지 않아.

가   너의 집이 보이지 않아.

나   나무들 사이로 너의 집을 보는 걸 좋아했는데, 이제는 그럴 수 없어. 해가 지는 오후 무렵 너의 집을 건너다보면서 네가 무얼 하는지 그려보는 게 좋았는데, 이제는 그럴 수 없어.

가　니가 나를 건너다 볼 때 나는 우연처럼 너를 보았지.

나　우연히 나를 보는 너를 보는 날이면 나는 부풀어 올랐어, 풍선처럼. 너에게로 날아갈 수 있을 것만 같았지.

가　이제는 나무에 가려 너를 볼 수 없어.

나　우리가 멀어진 건 나무 탓일 거야.

가　나무가 너를 못 보게 하니까.

나　나무가 너를 가려버리니까.

가　나는 나무를 좋아했는데. 나무가 너와 나 사이에 있는 선물처럼 느껴지곤 했었는데.

나　나무가 없으면 우리는 다시 서로를 볼 수 있을까.

가　볼 수 없을 거야. 나무는 사라지지 않을 거니까.

나　나무를 베어버리지.

가　나무는 우리를 위해서 베어질 수 없어. 나무는 살아가야해.

나　그럼 우린 어쩌지.

가　볼 수 없지만 그래서 더 잘 느낄 수 있을 거야. 상상할 수 있을 거야. 니가 무얼 하는지 생각해볼게.

나　나도 너를 생각할게. 볼 수 없으면 더 많이 그리워하게 될 거야.

가　아마 그럴 거야. 어차피 이제는 보는 것도 그만두어야 해. 다행이다.

나　너무 많이 그리우면 어디서 너를 볼 수 있을까.

가　나무 너머에 집 한 채, 그 집 안에 마룻바닥, 그 위에 굴참나무로 만든 선반, 그 위에 노란 설탕 병, 그 옆에 사탕 그릇, 그 옆에 반짓고리, 그 옆에 건포도가 들어있는 호밀빵, 그 옆에 니가 그리울 때마다 편지를 써 둔 노트가 여섯 권, 그 옆에 고야의 천사 그림, 그 옆에 김광석 시디 한 장, 그 옆에…….

나 너를 보러 나는 간다.

가 그 옆에 자작나무로 만든 작은 책상, 그 위에 원고지들, 그 옆에 파란색 지우개가 달린 연필, 그 옆에 해가 바뀌어도 늘 그대로인 달력, 그 옆에 보라색 국화 몇 송이가 꽂혀있는 화병, 그 옆에 나이 먹은 몽당연필들, 메모지가 담긴 작은 바구니.

나 그 곳으로 너를 보러 가지.

가 그 옆에 니가 어느 기념품점에서 사 온 볼펜, 그 옆에 잃어버리지 않으면 평생 쓸 수 있다며 니가 준 손톱만 한 연필깎이, 그 옆에 먼 곳에서 니가 보내준 그림엽서, 그 옆에 어느 겨울날 니가 나의 목에 둘러준 털목도리, 그 옆에 니가 내 생일날 선물한 내용 없는 책, 그 옆에 니가 이국의 옛거리에서 산 골동품 가방.

나 "그날의 탈출" 기억하니?

가 너는 멀고 먼 나라에서 여권을 잃어버렸지.

나 가방을 통째로 잃어버렸고, 당분간 돌아올 수 없었지.

가 새벽부터 경찰서며 대사관이며 항공사를 정신없이 돌아다니며 임시여권을 만들고 겨우 한 장 남아있는 일등석 비행기표를 간신히 사서, 너는 약속한 시간에 돌아왔어.

나 너를 만나기로 한 약속만이 내겐 중요했어.

가 새 여권이 나오기를 기다리는 며칠간 머나먼 나라에서 여행을 하며 지냈어도 됐는데.

나 너에게 돌아오고 싶었어.

가 전화를 한 통 하면 그걸로 되는데.

나 그러고 싶지 않았어.

가 특별히 중요한 일이 있는 것도 아니었는데.

나 오고 싶었어.

가 열정이 있던 날들.

나	약속을 지키고 싶었어.
가	정말 아무 일도 없었는데.
나	갈 수 없다고 생각한 순간 너무나 니가 그리웠어.
가	거리의 깊이.
나	늦은 밤, 호텔 바에 앉아 지도를 놓고 다음날 새벽부터 가야 할 곳과 해야 할 일들을 순서대로 적어나갔지. 지배인에게 하루 종일 나를 태우고 다닐 택시를 불러달라고 했어. 내 사정 이야기를 듣고 그가 물었어. "사랑하는 사람을 만나러 가시나요?"
가	"네"라고 너는 대답했어.
나	"내일 당신을 만나는 사람들 모두가 당신을 도와줄 거에요. 꼭 돌아갈 수 있을 겁니다."
가	그는 너에게 향기로운 칵테일 한 잔을 선물했어. "오늘은 깊은 잠을 자야 해요. 내일은 정말 바쁜 하루가 될 테니까요. 당신의 사랑을, 위하여!"
나	내 간절함을, 그는 보았어.
가	그 시간에 나는 니가 준 연필깎이로 종일 연필을 깎았어. 48색 색연필을 모두 깎고 노란색 연필을 한 통 사서 열 두 자루를 모두 깎았지. 그림을 그렸어. 산을 그리고 바다를 그리고 사막을 그렸지. 니가 돌아오는 여정을 그리고 또 그렸어. 그런 다음 색연필을 다시 깎는 거지. 너의 잠 속으로 나는 들어갔어. 니가 보는 세상을 그렸지. 그리곤 색연필을 다시 깎았지. 색연필이 모두 반토막이 될 때까지. 그리고 다시 깎기를 거듭하는 동안, 드디어 니가 왔어.
나	온종일 그렸다며 아무 것도 없는 흰 도화지 한 장을 나에게 주었지.

가	그렇게 어렵게 니가 돌아온 날, 우린 커피를 마셨어.
나	너는 나를 알아보았어. 땀에 절고 피곤에 지친 나를 쏟아져 나오는 사람들 속에서 바로 알아보았어.
가	니가 어떠한 모습일지라도 나는 너를 알아볼 거야.
나	그 먼 나라에 나를 벗어두고 왔는데, 그래도 너는 나를 알아보았어.
가	어둠 속에서라도, 설사 내가 볼 수 없고 들을 수 없다 할지라도 나는 너를 알아볼 거야.
나	나도 그럴 거야.
가	어려움을 같이 겪은 사람들은 서로를 마음 속에 새기지. 그 숨결과 생각이 몸 속에 스며들지.
나	초라한 곳에서 우린 만났어.
가	좁고 어두운 곳.
나	빛이 들지 않는 곳.
가	바람도 불어오지 않는 곳.
나	풀 한 포기 없는 곳.
가	우리 둘만 있는 곳.
나	그래서 완전히 충족된 곳.
가	그곳은 사라졌어.
나	거기가 어디였을까.
가	아마도 꿈 속이었을까.
나	그랬을지도 몰라.
가	우리가 만난 건 현실이 아니었을까.
나	지금도 우린 꿈을 꾸고 있는 걸까.
가	꿈에서 깨지 않으려고 우리 애쓰고 있는 걸까.
나	신이 주신 선물이었을지 몰라.

가	너에게 나에게 우리에게.
나	선물이 사라졌어.
가	시간이 흘러갔어.
나	나는 여기 있고 너도 여기 있는데. 뭐가 달라진 거지.
가	나무 탓이야.
나	아니야.
가	내가 너무 잠을 오래 잤어. 자는 동안 날이 밝은 거지.
나	가야 할 시간이야.
가	시간이 빨리 흐르고.
나	나무가 있는 곳으로 가자.
가	너의 집과 나의 집 사이의 그 나무.
나	그 나무에게 가서 물어보겠어.
가	가지를 좀 내려달라고. 너의 집을 가리지 말아달라고.
나	조금만 몸에서 기운을 빼보라고. 몸을 축 늘어뜨리면 너를 볼 수 있을지 몰라.
가	나무는 그럴 수 없을 거야. 힘차게 씩씩하게 하늘로 향하는 게 나무다운 거니까.
나	나무는 아주 빨리 자란다.
가	꼭 그런 건 아니야. 시간이 많이 흐른 거야.
나	시간이 얼마나 흘렀을까.
가	나무가 자란 만큼.
나	나무로 배를 만들어 어디론가 떠날까.
가	우리가 같이?
나	같이.
가	나는 갈 수 없어.
나	잠시 동안만이라도.

가	난 나의 집에 있어야 해.
나	그러니 잠시 동안이라고 했잖아.
가	우리는 아주 짧은 시간 동안만 우리일 수 있어. 그리고 우리는 거의 항상 너와 나야.
나	우리가 처음 만났을 때부터 우린 너와 나였어.
가	우리가 되고 싶지만 그건 불가능해.
나	우리가 된다고 해서 우리가 더 행복해지는 건 아닐지도 몰라.
가	너와 나로 있는 게 좋아.
나	다행이야. 니가 우리를 원한다면 나도 힘들었을 거야.
가	서랍에서 니가 오래 전에 보내준 편지를 봤어.
나	편지를 많이 보냈어. 쓴 건 훨씬 더 많았지만 그 중에서 아주 일부만을 보냈지.
가	아름다운 편지야.
나	나는 슬펐지. 나는 기뻤지. 나는 절망했지. 나는 희망에 차 있었지.
가	신이 우리를 사랑하신다고 썼어.
나	우리가 만난 게 기적 같았어.
가	우리는 정말 그렇게 그리워했을까.
나	우리는 사랑했던 거야.
가	믿어지지 않아.
나	믿어야 해.
가	모두 지나가버렸어. 이제는 느껴지지가 않아.
나	죽는 그 순간까지 나는 그 사랑을 기억할 거야.
가	그 때까지 그 기억이 남아 있을까. 지금도 흐릿한데.
나	나는 생생해.
가	맑고 흐리고 비 오고 눈 내려도 하늘은 그 자리에 늘 있는 것

처럼.

나   세상이 밝아지고 어두워져도 해와 달이 그 자리에서 하늘을 지키고 있는 것처럼.

가   때로는 물이 마르고 때로는 물이 넘쳐 흘러도 강이 그 자리에 있는 것처럼.

나   아주 긴 세월이 흘러도 산이 제 자리에 머무는 것처럼.

가   확신할 수 없어.

나   넌 항상 그러지.

가   니가 기억한다니 슬퍼진다.

나   니가 기억하지 않는다니 슬프다.

가   흘려보내. 흘러가게 둬.

나   넌 항상 그러지.

가   종이배를 접어 그 위에 모두 띄워 보내. 종이가 물에 조금씩 젖어 들어서 물 속에 가라앉게 두어야 해.

나   내가 그 배를 타겠어.

가   작은 배야. 아주 작은.

나   니가 원하면 내가 모두 지고 갈게.

가   슬퍼도 참아야 해.

나   넌 슬퍼하지도 않을 거야.

가   슬프지만 참는 거야.

나   모르겠어. 나는 항상 너를 잘 모르겠어.

가   그래서 너는 떠나는 거야.

나   너는 내가 너를 알게 되는 걸 싫어하지. 뭐가 두려운 거야. 항상 겁에 질려 있었어.

가   니가 이렇게 떠나는 날이 마침내 오는 거.

나   니가 나를 사정없이 밀어내면서.

가	그래 보는 거야. 니가 얼마나 나를 견디고 내 곁에 머무는지.
나	가지 않도록 붙잡아줘.
가	그러지 않을 거야. 이미 배를 만들었잖아.
나	맞아, 갈 시간이야.
가	잘 가.
나	잘 있어.
가	너는 늘 떠나고 나는 남지.
나	니가 나를 밀어내니까.
가	너는 늘 먼저 가버리지.
나	니가 가라고 했어.
가	아주 잠깐만 기다리면 너는 내가 가는 걸 볼 수 있는데도 늘 먼저 가버려.
나	내가 먼저 가고나면 니가 할 일이 있는 줄 알았어. 너는 갈 준비를 오래 하잖아.
가	너를 남겨두는 거보다 내가 남겨지는 게 나을 줄 알았어.
나	그런데 아니었구나.
가	남겨지는 거 두려워.
나	떠나는 것도 힘들어.
가	이런 소리들. 그만 하자.
나	우리 사이에 남은 말들.
가	결국은 버려지고 날아가 버리는 낙엽들.
나	책 속에 끼워둔 잎새를 십 년 쯤 후에 우연히 보게 될까.
가	책을 모두 버리겠지. 책 사이사이를 들추어 보지도 않고.
나	모두 버리고나면 무엇이 남을까.
가	아무 것도.
나	남는 것은 아무 것도 없어. 마지막은 그런 거지.

가	우리가 마지막인가.
나	이 순간.
가	그런데 우린 왜 이렇게 된 거지.
나	시간이 많이 흘렀어.
가	시간이 흘러가면 관계도 희미해지는 걸까.
나	열정이 사라지니까.
가	견고해지는 게 아니고.
나	마음이 깊어지지.
가	마음이 가벼워지지.
나	깊이 가라앉아 향기가 나지.
가	날아가 버릴 거야. 향기를 남기고.
나	이렇게 떠밀고 밀어내고.
가	너무 오래 머뭇거렸어.
나	정말 내가 가기를 바라는 거야?
가	편지로 남을 거야.
나	그렇다면 갈게.
가	시로 남을 거야.
나	기억해줄 거지?
가	시계를 볼 거야. 달력을 새로 걸고 날짜를 헤아리겠지.
나	동그라미를 하면서 하루 하루를 지워가겠지.
가	너무 늦게 오지는 마.
나	나를 잊어.
가	내가 너를 잊은 후에 오지는 마.
나	너를 잊을 거야.
가	너를 잊지 못해. 안 잊어.
나	나를 잊어. 나는 너를 안 잊을게.

가   너는 마침내, 나를 잊을 거야.

나   아주 긴 여행을 할 거야.

가   니가 어디에 있는지 엽서를 보내줘. 니 얼굴을 그려서 보내줘.

나   나를 기억하게 될 거야.

가   잊을 수 없어.

나   이러다 해가 지면 오늘도 떠나지 못할 거야.

가   내일 떠날 수 있어.

나   내일은 떠날 수 있을까.

바람이 한 자락

지나간다.

두 사람,

마음을 실어 멀리 떠나 보낸다.

5. 마지막 인사

키 높이의 벽이 세워져 있거나
가가 대화 중 쌓는다.

빗소리.

가   비 온다.
나   비를 만져봐.
가   우산이 있어야 해.
나   비를 만져봐. 빗방울 하나하나가 내 마음이야.
가   우산을 가져다 줘.
나   나는 빗방울이 되어 너를 생각하고 빗방울이 되어 너를 만지고
        빗방울이 되어 너를 안지.
가   빗방울이 우산에 통통 튕겨나가는 소리를 듣고 싶어.
나   비를 맞아봐. 너에게 속삭이는 내 목소리를 들어봐.
가   빗소리가 너무 커. 너의 목소리가 들리지 않아.
나   귀를 기울여 봐. 내가 너를 부르고 있잖아.
가   빗소리가 점점 커져. 빗소리에 모두 다 묻혀버렸어.
나   바보.
가   더 크게 말해봐. 안 들려.
나   바보.

가	비가 점점 많이 온다. 우산으로도 가릴 수 없겠어.
나	바보…… 가야겠다.
가	뭐라구?
나	간다구.
가	비 때문에 니가 안 보여. 니 목소리가 안 들려.
나	내 생각을 읽지 못해. 내 소리를 듣지 못해. 내 마음을 느끼지 못해.
가	너를 만지고 싶어. 너를 듣고 싶어. 너를 알고 싶다구.
나	늦었어. 너무 오래 기다렸어.
가	니가 누군지 정말 알고 싶단 말이야.
나	아직까지 나를 모른다니. 난 이제 니가 누군지 알 거 같아.
가	나를 안다구? 그런데 떠난다구?
나	맞아, 너를 알겠어. 더는 못 견디겠어.
가	니가 나를 정말 안다면 그런 말은 못할거야. 하지만 어쩔 수 없지.
나	비가 그치는 대로 가겠어.
가	그냥 가도 돼. 그런 핑계 필요없어.
나	비가 곧 그칠 거야.
가	너를 위해 뭐든 해주고 싶었어.
나	그럴 필요 없어.
가	손에 물집이 생겼어.
나	왜.
가	일을 좀 했거든. 너에게 뭔가를 만들어주고 싶었어.
나	난 곧 떠나는데.
가	몰랐어.
나	니 곁에 영원히 있을 거란 생각을 한 거야.

가	아니, 생각해 본 적 없어. 너와 나는 하나의 직선 같은 사이니까. 두 개의 점이 이어져서 만들어진 직선 하나. 선을 사이에 둔 두 개의 점은 그냥 그렇게 늘 함께 있는 거니까.
나	직선을 잘라버리면.
가	자르면 다시 두 개의 점이 생기지.
나	또 자르고 또 자르지.
가	계속해서 잘라도 두 개의 점은 사라지지 않아.
나	계속 자르다보면 두 개의 점이 하나가 될 만큼 가까워지는 순간이 오겠구나.
가	두 개의 점이 하나가 될 수는 없어. 아무리 눈에 보이지 않는다 해도 선이 사라지지는 않을 테니까.
나	영원히 가까워지지 않는 거리를 가진 두 개의 점.
가	가깝다는 게 뭘까.
나	아무리 잘라내도 하나가 될 수는 없는 거리가 있는 두 개의 점. 그 사이에 있는 게 대체 뭘까.
가	그 사이에 비가 오지. 그 사이에 바람이 불고. 그 사이에 강이 흐르고 그 사이에 풍랑이 일지.
나	비가 그쳤다. 가야겠다.
가	잠시 눈을 붙여.
나	사실은 정말 피곤하다. 가야할 시간인데…….

두 사람, 지치고 피곤하다.
잠시 눈을 감는다.

얼마간 시간이 흐른 후
깨어나면

어느새 해질녘이다.

가　너를 내려놓으면, 아무리 사소한 일이라도 기쁘고 반갑고 고맙고 그럴 거야. 그동안 너 때문에 나는 아무 것에도 감동받지 못했어. 오직 너만 바라보았으니까. 니가 내 세상의 전부였고 니가 내 태양이었으니까. 그 빛이 너무 강해서 너만 보였으니까. 이제 너를 사랑하는 내 마음만큼 너에게서 멀어질게. 내가 점점 보이지 않게 되면 너는 내 사랑이 얼마나 무거웠는지 알게 될 거야. 하지만 상관없어. 나는 변함없이 너의 주위를 돌고 있을 거야. 지구를 도는 달처럼. 안녕. 내 사랑.

나　안녕, 내 사랑. 그런 말 듣지 않을 거야. 흘러가라고 해. 아무리 내가 팔을 한껏 뻗는다한들 절대 잡을 수 없는 거리에 있었던 건 너야.

가　내가 죽으면 너는 후회할 거야. 그렇게 복잡한 마음을 위로해주지 않은 거. 니가 죽으면 나는 후회할 거야. 참 착한 사람을 그렇게 힘들게 한 거. 그래서 우리에겐 후회만이 남을 거야. 그게 우리에게 주어진 생이지.

나　우리는 어쩌면 이런 이야기밖에는 할 수 없는 걸까. 아무리 많은 이야기를 해도 소용이 없어. 슬픈 이야기뿐이야. 이제는 사소한 대화마저 불가능한 자리에 있는 거 같다.

가　흘러넘치는 사랑은 귀한 걸 모르지. 소중한 것도 모르고 달아나려고만 하지.

나　너는 너무 생각이 많아. 처음부터 항상 말했지. 우리가 조금만 더 가벼워지면 좋겠다고.

가　가벼워진다는 거 무슨 뜻인지 잘 모르겠어. 생은 진지한 거야. 사랑은 더욱 그렇지. 진지하면 당연히 무거워지는 거구. 가벼운

　　　　사랑 같은 건 없어. 그건 사랑의 가면을 쓴 거짓이야. 사랑이 아
　　　　니야.

나　　알아, 무거워도 지고 갈 수밖에 없다는 거. 하지만 너무 힘들었
　　　　어.

가　　우리 사이엔 넘을 수 없는 벽이 있어.

나　　넘어설 수 있어. 니가 자꾸만 담장을 높이 쌓아올리지 않는다면.

가　　두 사람 사이의 벽은 둘을 가로막지.

나　　너는 항상 어제보다 높이 쌓아두지.

가　　하지만 벽은 우리를 소통하게도 하지. 자, 귀를 기울여 봐. (두드
　　　　린다)

나　　서로를 볼 수도 없으면서 겨우 두드려서 소통하는 게 뭐가 좋아.

가　　그 정도의 간절함과 처절함이 있어야 해. 쉬운 길에는 아무 것도
　　　　없어.

나　　우리는 충분히 간절했고 더 이상 견딜 수 없을 만큼 처절했어.
　　　　더 이상의 고통이 필요해? 나는 지쳤어. 한 발자국도 더는 못 걷
　　　　겠어.

가　　그럼 내가 가야겠다. 갈게. 나는 떠나고 너는 남겨지는 거야.

나　　누가 떠나고 남는 게 뭐가 중요해. 거기 무슨 차이가 있어. 헤어
　　　　진다는 거 그것만이 남을 뿐이야.

가　　나를 잡지도 않는구나.

나　　너를 잡는 건 불가능해. 너는 내 말을 안 들으니까. 너는 오직 니
　　　　가 원하는 대로만 하니까.

가　　그래. 맞아. 정말로 갈게. 전에는 니가 먼 길을 떠나곤 했는데 이
　　　　제는 내가 길을 떠나는구나.

나　　나는 늘 돌아왔어. 너를 중심으로 일정한 거리를 벗어난 적이 없
　　　　어. 너도 그럴 거지.

가　아니. 나는 돌아오지 못할 거야. 조금 걷다가 나는 쓰러질 거니까. 내 몸에서 모든 기운이 곧 빠져나가고 나는 연기처럼 가벼워질 거야. 사라져도 혹시 눈에 보이지 않는 영혼이라는 거, 그런 게 있다면 너에게 올게.

나　볼 수도 없는데 그게 무슨 소용이 있어.

가　너는 느낄 수 있을 거야. 그동안 나의 냉담을 견디어준 너에게 따뜻한 온기를 전해줄게.

나　그러니 대체 그게 뭐냐구. 왜 그렇게까지 돌아올 거면서 굳이 지금 나를 떠나야 하는데. 나는 정말 너를 모르겠어. 우리는 시간이 흐를수록 점점 거리가 생기는 거 같다.

가　그동안 고마웠어. 더 늦으면 안 될 거 같다.

나　좋아, 다시는 보지 말자. 나도 더는 못 버틸 거야.

가　나도 그래. 끝을 향해 달려가는 게 시작의 운명이지.

나　너무 많은 말을 했어. 어떻게 다 지울 수 있을까.

가　우리가 한 말들 모두 잊을 만큼 침묵하게 될 거야.

나　침묵만이 남아 있구나.

가　언제나 그래, 마지막에 남는 것은 침묵뿐이지.

나　여기까지 오는 게 참 힘들고 오래 걸렸어. 결국은 여기 도달하기 위해 그토록 애를 썼던 걸까.

가　항상 가벼워지고 싶다고 했지.

나　내 안에 있는 한 방울의 물이 무거웠지.

가　햇빛에도 마르지 않고 바람에도 날아가지 않고 바위처럼 무거운 한 방울의 물.

나　그 물이 흘러갔어. 보이지 않는 곳으로.

가　어느날 강으로 흘러갔어. 모래와 흙과 자갈이 뒤섞여 혼탁해졌지.

나	이제는 가라앉아 투명한 맑은 물만 남아 있어.
가	이제는 정말 가볍게 너를 볼 수 있을 것 같아.
나	우리가 늘 바라던 가벼운 관계가 이런 거였을까.
가	비로소 도달한 것일까. 거리가 사라진 곳으로.
나	안녕. 내 사랑.
가	안녕. 나의 연인.
나	다음 세상에서 만나자.
가	거칠 것 없는 세상에서 만날 수 있을까.
나	다시 또 이걸 견뎌야 한다면 힘들 거야. 많이.
가	그럼 우리 다음 세상에서 혹시 만나면 못 본 체 하자.
나	아니, 돌아서는 너를 세상 끝까지 따라가서 잡을 거야. 다시는 이렇게 허망하게 놓치지 않을 거야.
가	고마워. 다시 나를 만나면 나를 꼭 잡아줘. 거기선 헤어지지 말자.
나	그래, 이젠 졸리다. 견딜 수 없게 잠이 밀려온다. 안녕.
가	나도 눈이 감겨. 다시는 눈을 뜨지 않을 거야. 안녕, 내 사랑.

가, 눕는다.
나, 벽에 기대어 앉아 있다.
가, 잠이 든다.
나, 역시 잠이 든다.

죽음처럼 깊은 잠.
마침내, 해가 진다.
점점 어두워진다.
깜깜하다.

어둠 속에서 소리들이 뒤섞여 들려온다.
아련하게 왔다가 사라져간다.

가   물 위에 너의 이름을 쓴다, 흘러가라

나   구름에 너의 이름을 쓴다, 흩어져라

가   바닷가에 발자국들

나   바닷물에 쓸려간다

가   "나는 너를 사랑해"

나   봄날에 나는 니 앞에서 기절했지, 너를 너무 사랑해서, 니가 내
      사랑을 너무 몰라줘서

가   나는 너의 등에 글씨를 쓴다

나   "나는 너를 사랑해"

가   너는 밤이면 잠의 강을 건너 나에게로 온다

나   너는 길을 잃고 아이처럼 울고 있다

가   내 손을 씻어줘

나   나의 어깨에 기대

가   긴 여행을 하는 동안 너는 때때로 내 발을 주물러주었지

나   두려움 없는 사랑

가   깊은 날들

나   가을처럼 사라져간다

가   안녕 내 사랑

나   내 하나뿐인 사랑…….

공연 연보

〈그녀에 관한 보고서〉
* 세계일보 신춘문예 당선작품
— 한국연출가협회 주최 신춘문예 당선작 공연
— 문예회관 소극장
— 1995. 3. 26. - 4. 3.
— 연출 : 손경희
— 출연 : 이금주 · 전국향 · 김민경
— 세계일보 1995. 1. 4. 게재

〈그들만의 전쟁〉
* 문예진흥원 찾아가는 문화활동 선정작품
— 극단 민예 127회 공연
— 마로니에 극장
— 2000. 1. 21. - 3. 5.
— 연출 : 강영걸
— 음악 : 정대경
— 출연 : 유영환 · 최승열 · 김희정 · 승의열 · 박영미

〈불꽃의 여자 나혜석〉

* 서울시 무대공연 지원작품
* 올해의 한국연극 베스트 5 작품상
* 동아연극상 연출상
− 극단 산울림 94회 공연
− 산울림소극장
− 2000.10.17.−12.31.
− 제작 : 임영웅
− 기획 : 오증자
− 연출 : 채윤일
− 출연 : 안석환 · 전국환 · 박호영 · 전수환 · 정소희
　　　　김남미 · 최윤선 · 이소영 · 권대혁 · 황수경
− 한국연극 2000년 7월호 게재

〈푸르른 강가에서 나는 울었네〉

* 제14회 국립극장 창작공모 당선작품
− 2004 국립극단 창작극 공연
− 국립극장 달오름극장
− 2004.11.5.−11.14.
− 예술감독 : 이윤택
− 연출 : 김진만
− 출연 : 전진우 · 권복순 · 남유선 · 한승희 · 이승비
　　　　이민정
− 극작에서 공연까지 2004년 겨울호 게재

〈웨딩드레스〉
- 극단 산야 93회 공연
- 인동 소극장
- 2005.10.22.-23.
- 연출 : 김학철

〈연인들의 유토피아〉
- 극단 산울림 123회 공연
- 산울림 소극장
- 2007.6.12.-8.12.
- 제작 : 임영웅
- 기획 : 오증자
- 연출 : 김진만
- 출연 : 전현아 · 이일화 · 이명호 · 민지오
- 한국희곡 26호 2007년 여름호 게재

〈헬로우 마미〉
* 동랑희곡상 수상작품
- 통영국제연극제 폐막작
- 2010.7.26. 통영시민회관
- 2010.7.30.-31. 과천시민회관 소극장
- 연출 : 김정숙
- 출연 : 정연심 · 제상범 · 이보람 · 김재화 · 조은희
  이승목 · 허정진 · 한송이 · 노장현
- 한국희곡 40호 2010년 겨울호 게재

〈누가 우리들의 광기를 멈추게 하라〉

＊ 서울문화재단 예술창작지원작품

— 극단 창파 20회 정기공연

— 알과핵 소극장

— 2013.10.23. - 11.3.

— 연출 : 채승훈

— 출연 : 박종상 · 하경화 · 박정근 · 김혁종 · 한형민
　　나수아 · 김한아 · 조수아 · 김영훈 · 한동준 · 이재성
　　조진수

— 한국희곡 52호 2013년 겨울호 게재

〈연인〉

＊ 제2회 한국 여성 극작가전 참가작품

— 극단 씨 바이러스

— 정미소 극장

— 2014.7.23. - 27.

— 연출 : 이현정

— 출연 : 구시연 · 염순식

— 한국희곡 31호 2008년 가을호 게재

유진월 희곡집 3

초 판 1쇄 인쇄일 2015년 8월 10일
초 판 1쇄 발행일 2015년 8월 20일

지 은 이   유진월
만 든 이   이정옥
만 든 곳   평민사
　　　　　서울시 서대문구 남가좌2동 370-40
　　　　　전화: (02)375-8571(代)
　　　　　팩스: (02)375-8573

　　　　　평민사 모든 자료를 한눈에 —
　　　　　http://blog.naver.com/pyung1976
　　　　　이메일: pyung1976@naver.com

등록번호   제10-328호

ISBN 978-89-7115-613-1   03800

정 가   14,000원